Klarant Verlag

AF288531

Marc Freund wuchs in Osterholz auf, direkt an der Ostseesteilküste gelegen, die schon von Kindesbeinen an eine große Faszination auf ihn ausübte. Und so spielen viele seiner Geschichten am Meer, dem er sich sehr verbunden fühlt.

Regelmäßig zieht es den Krimiautor auch auf die andere Seite der Küste – an die Nordsee. Derzeit vor allem auf die bezaubernden Inseln Langeoog und Spiekeroog, wo seine Ostfrieslandkrimis spielen.

Seit 2010 ist Marc Freund für verschiedene Verlage tätig. Daneben wurde er auch als Hörspielautor bekannt. Weit über 250 Veröffentlichungen für die unterschiedlichsten Reihen und Serien gehen bisher auf sein Konto.

Marc Freund

Spiekerooger Austern
Ein Fall für Eden und Mattern 1

Ostfrieslandkrimi

Klarant Verlag

Copyright © 2021 Klarant GmbH, 28355 Bremen
Klarant Verlag, www.klarant.de – www.ostfrieslandkrimi.de
ISBN: 978-3-96586-432-0
1. Auflage 2021
Umschlagabbildung: Klarant Verlag

Kapitel 1

Helles Mondlicht spiegelte sich auf dem Wasser rechts neben ihr. Sie rannte. Rannte wie noch nie in ihrem Leben. Sie spürte ihr Herz hämmern, fast im gleichen Takt zum Trommeln ihrer Füße auf dem harten Betonstreifen. Ihr stoßweiser Atem bildete heiße Wolken vor ihren Lippen.

Vor ihr in der Dunkelheit ein Schatten. Auch er rannte. Viel schneller, als ihr lieb war. Sie musste ihn einholen und durfte dabei nicht überlegen, was in diesen Augenblicken alles davon abhing.

Nur nicht aus den Augen verlieren, dann wäre alles umsonst gewesen. All die Anstrengungen, die sie unternommen hatten, die unzähligen falschen Fährten, denen sie nachgegangen waren. Die monatelange akribische Suche nach diesem feigen Mistkerl.

Da vorne lief er. Im Augenblick nichts weiter als ein Schatten in der Dunkelheit. Doch Wiebke wusste, dass es der Mann war, nach dem sie so lange gesucht hatten.

Längst hatte sie ihre Sprüchlein aufgesagt. Von wegen stehen bleiben, Polizei. Sie hatte ihm die Worte voller Wut hinterhergeschleudert. Natürlich hatte er sie gehört und natürlich war er nicht stehen geblieben. Weil er im Grunde ein Feigling war. Allerdings von der Sorte, die unberechenbar und gefährlich war. Wenigstens zwei Morde gingen auf Marko Hellers Konto. Und ganz sicher würde ihm noch mehr nachgewiesen werden, wenn sie ihn erst einmal hatten. Wenn …

Der Schatten tauchte plötzlich nach links weg, überwand dabei spielerisch eine niedrige Hecke und war in der nächsten Sekunde nicht mehr zu sehen.

»Scheiße«, flüsterte Wiebke Eden, änderte ihre Laufrichtung und fegte über die Hecke hinweg. Sie brauchte noch ein paar Schritte, um sich abzubremsen. Schwer atmend und leicht vornübergebeugt blieb sie stehen.

Heller war verschwunden. Als ob er endgültig in die Dunkelheit eingetaucht und mit ihr verschmolzen wäre.

Aus weiter Ferne drang das Geräusch einer Polizeisirene über die Weser. Sie kamen. Doch egal, wie sehr sie sich jetzt auch beeilen mochten, sie würden zu spät kommen für das, was jetzt und hier passierte.

Ein Laut, nicht weit entfernt. Ein seltsam metallisches Geräusch, als würde jemand in großer Eile eine eiserne Sprossenleiter nach oben steigen.

Wiebkes Blick irrte zu dem alten Getreidesilo hinüber, der in einiger Entfernung steil in die Höhe ragte.

Ohne zu überlegen, spurtete sie los. Im Laufen zog sie ihre Dienstwaffe. Sie benötigte für die Distanz bis zum Gebäude nicht mehr als ein paar Sekunden.

Die Geräusche verstärkten sich. Er war irgendwo da oben, jagte die Leiter rauf, beängstigend schnell.

»Heller! Bleiben Sie stehen!« Wiebkes Stimme überschlug sich fast. Sie gellte über das verlassene Gelände des Industriehafens und wurde von den Mauern des Silos zurückgeworfen, vermischte sich mit dem Konzert der Sirenen, die noch immer viel zu weit weg waren.

Klick, klick, klick … die Schritte Hellers jagten nach oben, als hätte der Mistkerl in seinem Leben nie etwas anderes gemacht.

Wiebke riss die schwarze Taschenlampe aus ihrem Gürtel und schaltete sie in derselben Bewegung an. Mit ausgestreckten Armen richtete sie Waffe und Lampe nach oben. Ein scharfer, fast weißer Lichtkeil durchschnitt die Dunkelheit und ließ die steil nach oben führende Leiter erkennen.

Wieder war von Heller nicht mehr als ein Schatten zu sehen, der sich weiter hinauf schälte.

Die junge Kommissarin stieß einen leisen Fluch aus. Ein flüchtiger Blick zum Fluss, wo bläulich flackerndes Licht über das Wasser zu zucken begann.

Was sollte sie tun? Sollte sie warten und damit riskieren, dass Heller am Ende doch noch entkam, wie auch immer er das anstellen wollte?

Ein neues Geräusch beantwortete ihre Frage bereits in der nächsten Sekunde.

Ein Schrei. Der Schrei einer Frau in höchster Panik.

Wiebke Eden zuckte zusammen.

Natascha!

Gottverdammt, der Kerl hielt sie da oben versteckt! Und Wiebke begriff, dass Heller nicht da rauf geflohen war, um zu fliehen. Er gehörte offenbar zu dem Typ Verbrecher, der seinen Abgang als großes Schauspiel inszenieren wollte. Und das nicht allein. Er hatte die Frau da oben, die seit mehr als zwei Wochen vermisst war.

Die Polizistin nagte an ihrer Unterlippe. Dann war der Entschluss gefasst. Sie steckte die Taschenlampe weg und schob die Pistole ins Holster zurück. Sie würde beide Hände brauchen, wenn sie da rauf wollte.

Wiebke hechtete auf die Leiter zu, bekam eine Sprosse über ihr zu fassen und zog sich daran hoch.

Nataschas Schrei war verstummt, doch Wiebke glaubte, von oben noch ein leises Schluchzen zu hören. Und die Stimme Hellers, die heiser und atemlos auf sie einredete. Vielleicht war es noch nicht zu spät.

Wehr dich, Mädchen, dachte Wiebke, während sie die Sprossen nach oben kletterte. Kühler Wind traf auf ihre schweißnasse Stirn und begann damit, an ihrer Kleidung zu zerren.

Ein Blick nach oben. Der Mond kam ihr wie ein feindseliges Auge vor, das wissend auf sie herunterstarrte. Dunkle, ausgefranste Wolken trieben träge an ihm vorbei.

Weiter. Das Metall fühlte sich eiskalt an und rau von Rost.

Ein dicker Tropfen klatschte Wiebke ins Gesicht. Regen setzte ein. Zuerst zaghaft und spärlich dosiert, als wolle irgendjemand da oben testen, ob das wirklich eine so gute Idee war.

Wiebke hatte die Hälfte dieser gottverfluchten Leiter hinter sich gebracht. Sie hörte ihr eigenes Atmen, das Geräusch, wie es unmittelbar vor ihr gegen das weiß getünchte Mauerwerk schlug und im selben Moment zu ihr zurückprallte.

Als sich die Kommissarin dem letzten Drittel der Leiter näherte, schien die Welt um sie herum unterzugehen.

Der Regen ergoss sich in Strömen und erzeugte ringsum prasselnde und zischende Geräusche.

Wiebkes weiße Fingerknöchel glänzten nass, während sie immer wieder nach der nächsten Sprosse griffen. Bis es keine mehr gab.

Fast erwartete die Polizistin, aus der Dunkelheit den Absatz eines Schuhs auf sich zufliegen zu sehen, doch der erwartete Angriff blieb vorerst aus.

Wiebke Eden katapultierte sich auf das Dach des Silos, kam sofort wieder auf die Füße und riss Lampe und Dienstpistole aus ihrem Gürtel. Sie streckte beide Arme vor, wobei sie den linken nutzte, um ihre Waffenhand zu stützen.

Der Lichtkegel riss zwei Gestalten aus der Dunkelheit, die sich in diesem Moment auf den Rand des Dachs zubewegten. Die eine von ihnen eindeutig unfreiwillig, aber leider ebenso unfähig, sich gegen ihren viel stärkeren Gegner zu wehren.

»Stehen bleiben, Heller!«, brüllte Wiebke Eden. Sie richtete den Lichtstrahl direkt auf das verzerrte, regennasse Gesicht des Mannes. »Lassen Sie auf der Stelle die Frau los!«

Heller hielt sie im Würgegriff. Sein rechter Arm hatte sich von hinten um ihren Hals gelegt.

Natascha starrte die Kommissarin an. Ihre Augen waren weit aufgerissen. Das blonde Haar klebte ihr in dunklen Strähnen im Gesicht. Ihr Mund war geöffnet. Dunstwolken aus Atem hingen vor ihren Lippen und vermischten sich mit dem Regen, der alles um sie herum verwässerte.

Wiebke Eden wagte sich näher an die beiden Personen heran. Sie hatte jetzt fast die Mitte des Flachdachs erreicht. Sie zwang sich, die Ruhe zu bewahren. Zu Atem kommen, ihre Hände durften trotz der Anstrengungen und der verdammten Kälte nicht zittern.

Die Polizeisirenen waren jetzt nah. Das Geräusch gellte blechern zu ihnen herauf. Der Boden da unten war ausgelegt mit einem blau flackernden Teppich, dessen Schein nach oben hin immer fahler wurde.

»Loslassen!« Wiebke Eden musste gegen die Geräuschkulisse anbrüllen. Sie blinzelte den Regen weg, der ihr von ihrem Pony tropfte und ihren Blick schwammig machte.

Heller starrte in den Lichtstrahl der Taschenlampe. Seine Augen glänzten schwarz wie Murmeln. Er sagte kein einziges Wort. Er bewegte nur unmerklich seinen Kopf hin und her, während Natascha steif und vor Angst erstarrt dastand, unfähig, sich zu rühren.

Nur ein leichtes Kopfschütteln. Doch Wiebke wusste, was es bedeutete. Heller war niemand, der aufgab. Und er war niemand, der sich auslieferte.

Er würde springen und er würde die Frau, die er entführt hatte, mit sich in den Tod reißen.

Wiebke Eden ignorierte das Knistern, das Rauschen und die verzerrte Stimme ihres Kollegen, den ganzen Mischmasch, der in diesem Moment aus ihrem Funkgerät drang. Es war nicht wichtig. Nicht jetzt.

Wenn sie noch etwas für Natascha tun wollte, musste sie jetzt handeln. Allein sie, niemand sonst.

Während Wiebke diesen Gedanken erfasste, ging durch Hellers Körper ein heftiger Ruck. Er riss Natascha am Kopf nach hinten. Beide taumelten.

Wiebke schrie auf.

Heller kam noch einmal zum Stehen. Sein rechter Fuß war bereits auf der niedrigen, gemauerten Dachumrandung.

Natascha hing schlaff in seinen Armen. Sie hatte sich aufgegeben, erwartete nichts mehr. Ihr Blick war erloschen, fad und stumpfsinnig, zu Boden gerichtet, wo die Regentropfen Hunderte kleiner peitschender Fontänen erzeugten.

Die Kommissarin trat entschlossen einen Schritt nach vorne. Sie straffte sich und streckte ihre Arme mit neuer Kraft voll durch.

Heller sah sie an. Jetzt schüttelte auch sie den Kopf und gab damit den Ring für die allerletzte Runde frei.

Etwas im Blick des Mannes flackerte.

Wiebke schoss.

Die Kugel streifte Hellers Kopf, riss eine blutige Schneise in seine Schädeldecke. Er breitete die Arme aus, riss sie nach oben und war im nächsten Augenblick verschwunden.

Natascha taumelte, verlor das Gleichgewicht. Ihr linker Fuß baumelte über dem blau gefärbten Abgrund.

Wiebke Eden katapultierte sich nach vorne.

Die Frau am Rand des Dachs ruderte in hilflosen Bewegungen. Ihre Blicke trafen sich.

Natascha kippte nach hinten.

Die Schreie beider Frauen trafen aufeinander und vereinigten sich zu einem verzweifelten Geräusch.

Kapitel 2

Ein langer Flur, der ihr vorkam wie ein Eisenbahntunnel, nur nicht so dunkel. An seinem Ende war kein Tageslicht, sondern eine schnöde Deckenlampe, die eine künstliche Helligkeit verbreitete, und eine Tür, die geschlossen war.

Kommissarin Eden hielt darauf zu, verharrte einen Moment davor und klopfte an.

Zwei Sekunden verstrichen. Drei. Sie hob die Knöchel ihrer rechten Hand erneut, als eine männliche Stimme von der anderen Seite sie aufforderte, einzutreten.

Wiebke Eden ließ ihre Hand sinken und drückte die Klinke herunter.

Hauptkommissar Janssen saß hinter seinem Schreibtisch und bedeutete ihr mit einem Kopfnicken, sich zu setzen. Er hielt den Hörer seines Diensttelefons in der Hand. Ein zerbrechlich wirkendes Ding aus Kunststoff in seiner breiten Pranke. Janssen wechselte ein paar Worte mit seinem Gesprächspartner, während Wiebke auf einem der beiden Besucherstühle Platz nahm.

Janssens Telefonat war belanglos, zumindest für ihre Ohren. Deswegen dauerte es auch einen Moment, bis Wiebke Eden erkannte, dass ihr Vorgesetzter aufgelegt hatte und sie seit einigen Sekunden in leicht über den Tisch gebeugter Haltung ansah.

»Alles in Ordnung mit Ihnen?«

Sie nickte und unternahm dabei einen Versuch, zu lächeln. Er scheiterte kolossal. Sie spürte, wie ihre Mundwinkel zuckten, wie ein Motor stotterten, um schließlich wieder in sich zusammenzufallen.

Janssens Blick ruhte auf ihr. Der Mann war ein Riese. Breite Schultern und ein Berg von Muskeln unter einem Hemd, das wie all seine Hemden mindestens eine Nummer zu klein wirkte. Er hatte die breite Stirn über seinen rötlichen Augenbrauen in Falten gelegt.

»Tut mir leid, dass ich bisher noch keine Zeit gefunden habe, mit Ihnen über den Fall Heller zu reden.«

Sie sagte nichts, wartete ab, was kam. Im Grunde tat sie das bereits seit zwei Tagen. Seit achtundvierzig Stunden und ein paar Zerquetschten, aber sie wollte nicht kleinlich sein.

Janssen fuhr sich mit seiner rechten Pranke über das müde wirkende Gesicht. Sie hörte seine Handinnenfläche über die rotblonden Bartstoppeln schrappen, die man meist nur gegen das einfallende Sonnenlicht erkennen konnte. Als der Hauptkommissar seine Hand sinken ließ, wirkte er noch leerer als zuvor. Nur in seinem Blick, da lag etwas Stechendes, das die ernüchternde Wirkung seiner Worte vorwegnahm.

»Sie wissen vermutlich bereits, dass er überlebt hat?«

Bilder, die inzwischen zu einer ebenso vertrauten wie verhassten Dauerschleife geworden waren, tauchten plötzlich wieder vor ihrem geistigen Auge auf. Sie sah Heller auf dem Dach des Silos, sah, wie das Blut aus seinem Kopf spritzte, er engelsgleich seine Arme ausbreitete und schließlich wie in Zeitlupe nach hinten kippte. Zumindest spielte es sich in ihrer zwei Tage alten Erinnerung so ab. Immer wieder. In Echtzeit war es sicher schneller gegangen.

»Wie ist das möglich?«, flüsterte sie.

Janssen rieb sich mit dem Daumennagel über seine rechte Braue. »Der Kerl hat in der einen Nacht mehr Schutzengel verbraucht, als der verdammte SUV meines Nachbarn Sprit frisst.«

Wiebke Eden nahm die Worte ihres Vorgesetzten wie durch einen Wattefilter wahr. Dazwischen hörte sie ihren eigenen Herzschlag wie das dumpfe Dröhnen einer Stanzmaschine aus einer entfernt gelegenen Werkhalle.

»Wie?«, flüsterte sie noch einmal. »Wie …«

»Wie um alles in der Welt das passieren konnte?«, fragte Janssen. Er lehnte sich zurück. Der Bürostuhl knarrte unter seinem Gewicht. »Er ist wie in einem schlechten Film auf das Verdeck eines Lastwagens gefallen. Die Plane ist zwar gerissen, hat seinen Sturz aber zumindest so weit abgebremst, dass er sich jeden Knochen in seinem Körper nur einmal gebrochen hat. Natürlich ist er nicht bei Bewusstsein. Er liegt

im Koma, aus dem er nach Auskunft der Ärzte höchstwahr-
scheinlich nie wieder aufwachen wird. Und vermutlich ist es
auch das Beste so.«

Die junge Kommissarin schüttelte kaum merklich den Kopf.
»Was genau hat ihn ins Koma fallen lassen? Der Sturz
oder …«

Janssen winkte ab. »Je weniger Sie daran denken, desto
besser.« Er holte tief Luft und machte damit deutlich, dass er
zum nächsten Thema überleiten wollte.

Wiebke hätte beinahe aufgeschrien. Sie war gedanklich noch
bei Heller, und wie es aussah, würde das auch noch die
nächsten Jahre der Fall sein. Vermutlich ebenso lange, wie der
Mistkerl im Koma lag. Nur dass er die Chance hatte, erlöst zu
werden, indem sich irgendwann mal irgendjemand erbarmte
und den Stecker der Herz-Lungen-Maschine zog.

»Sie wissen, dass solche Eigenmächtigkeiten, wie Sie sie an
den Tag gelegt haben …« Janssen stockte, als sei ihm mitten
im Satz die Luft ausgegangen. Er blickte seine Kommissarin
an und schüttelte schließlich den Kopf. »Was soll's. Sie wissen
es selbst. Ich habe ehrlich gesagt keine große Lust, Ihnen
darüber irgendwelche Vorhaltungen zu machen.«

Janssen beugte sich leicht vornüber und zog eine Schublade
seines Bürorollcontainers auf. Daraus fischte er zwei oder drei
weiße Blätter, die an der oberen linken Ecke zusammenge-
klammert waren.

»Sie wissen, was das ist?«

Die Kommissarin schüttelte den Kopf.

»Ihr Versetzungsgesuch. Oder vielmehr der abschließende
Bescheid dazu.« Janssen machte ein sauertöpfisches Gesicht.

Wiebke Eden horchte auf. Sie hob den Kopf und sah ihren
Vorgesetzten erwartungsvoll an.

»Abgelehnt?«, fragte sie. Das hätte nämlich gepasst. Zu den
Dingen, die in der Vergangenheit schiefgelaufen waren, und zu
ihrer derzeitigen Gemütsverfassung, die ihrer Ansicht nach
keine positiven Ereignisse für die laufende Woche mehr
zuließ.

Entgegen ihren Erwartungen, ihrer festen Überzeugung, lächelte Janssen matt und schüttelte dann den Kopf.

»Stattgegeben«, maulte er gelangweilt und tat so, als hätte er sich mit diesem einen Wort eine zentnerschwere Last auf die Schultern gelegt. »Am nächsten Monatsersten können Sie auf Spiekeroog anfangen, wenn Sie wollen.«

Wenn sie wollte? Natürlich wollte sie. Sie hatte sich nichts mehr gewünscht, als auf irgendeinem Weg wieder in ihr geliebtes Ostfriesland zurückehren zu können. Allerdings hätte sie sich dafür bessere Vorzeichen gewünscht. Jetzt sah die ganze Sache beinahe wie eine Strafversetzung aus.

Die Sache mit Heller hatte ihr zugesetzt. Sie war vor einigen Wochen, die ihr inzwischen wie eine Ewigkeit vorkamen, als letzte Teilnehmerin in die eigens für diesen Kerl gegründete Sonderkommission gerutscht. Dabei hatte sie sich von Anfang an nicht gerade mit Ruhm bekleckert. Und doch war sie es gewesen, die den entscheidenden Hinweis auf Hellers aktuellen Unterschlupf richtig gedeutet hatte. Was dann folgte, waren die von Janssen genannten Eigenmächtigkeiten gewesen, die sie letztlich auf das Dach des verfluchten Silos getrieben hatten.

Heller war nicht tot, wie sie bis gerade eben angenommen hatte und wie es seltsamerweise leichter für sie zu verkraften gewesen wäre. Heller hing als willenlose Puppe an einer Maschine, die seine wichtigsten Körperfunktionen aufrecht-erhielt. Nichts als eine Hülle, die an etwas erinnerte, das Heller einmal gewesen sein mochte. Nichts als ein bleiches Etwas mit geschlossenen Augen und einem zerfurchten Schädel, den Rest des geschundenen Körpers unter sterilen Laken verborgen. Bis in alle Ewigkeit. Amen.

Hellers Tod hätte einen Abschluss bedeutet. Wiebke erschau-erte bei dem Gedanken daran, dass sie so weit flüchten konnte, wie sie wollte. In Bremen würde es immer jemanden – etwas – geben, das sie an ihre Vergangenheit erinnerte.

»Sie werden das alles abschütteln«, sagte Janssen offenbar hellseherisch veranlagt in ihre Überlegungen hinein und fügte noch ein melancholisches »Irgendwann« hinzu.

14

Er reichte der jungen Frau das Dokument über den Tisch. Wiebke warf einen Blick darauf und nickte.

»Danke«, sagte sie leise.

»Mh«, machte Janssen. Seine Haltung straffte sich, als er sich aufrecht setzte. »Sehen Sie zu, dass Sie Ihren Resturlaub vorher nehmen. Wenn ich das richtig sehe, hat sich da einiges angesammelt.«

Wiebke versprach, genau das zu tun, erhob sich und reichte ihre Hand über den Schreibtisch, die für die Dauer von zwei Sekunden voll und ganz in Janssens rechter Pranke verschwand.

»Sie wissen, dass Sie auf Spiekeroog eine praktisch neu geschaffene Stelle besetzen?«, fragte Janssen, als sie schon bei der Tür war.

Die Kommissarin drehte ihren Kopf in seine Richtung. »Die Dienststelle dort wird von einem Hauptkommissar geleitet. Soweit ich weiß, war er bisher allein dort tätig, abgesehen von einer wechselnden Verstärkung in den Sommermonaten.« Sie hielt einen Moment inne, dachte nach. Dann zuckte sie mit den Schultern. »Wir werden schon gut miteinander klarkommen.«

Janssen blickte sie an. Für einen Moment wirkte es, als läge ihm etwas auf der Zunge. Was es auch war, er behielt es letztlich für sich.

Zweieinhalb Wochen später nahm Wiebke Eden Abschied von ihrer Dienststelle. Kuchen, Kerzen, freundliche Gesichter derer, mit denen sie in den letzten drei Jahren hier zusammengearbeitet hatte.

Sie trat auf den Parkplatz, das Dienstgebäude im Rücken, mit ein paar letzten Habseligkeiten in den Händen, die ihren Arbeitsplatz verziert hatten, verstaut im obligatorischen Pappkarton. Als sie sich ihrem Kleinwagen zuwandte, hielt neben ihr ein Streifenwagen.

Peeters und Abramczik stiegen aus. Die beiden Kollegen kamen auf sie zu, um sich zu verabschieden. Noch mehr Händeschütteln. Wiebke stellte den Pappkarton auf dem Dach ihres Daihatsu ab.

»Hast dich echt durchgebissen bei uns«, sagte Peeters. »Hätte ich am Anfang gar nicht gedacht. Du gehst nach Spiekeroog, hab ich gehört? Freiwillig?«

»Klar.« Sie grinste. »Ein paar vermisste Portemonnaies, hin und wieder vielleicht mal 'ne Schlägerei und dazwischen immer wieder Wasser, Sand und Sonne. Ich glaube, das wird eine schöne Abwechslung.«

Die beiden Kollegen wechselten einen kurzen Blick miteinander.

»Naja«, antwortete Peeters gedehnt, »ich hoffe, du weißt, auf wen du dich da eingelassen hast.«

Wiebke hob ihren rechten Arm leicht an und schirmte ihre Augen gegen die durch die Wolken brechende Sonne ab. »Du meinst den Kommissar auf Spiekeroog? Oder wen?«

»Hauptkommissar«, stellte Peeters richtig. »Und ja, genau den meine ich. Hab ich dir nie erzählt, dass ich vor drei Jahren mal im Sommer auf Spiekeroog Dienst hatte?«

Sie schüttelte den Kopf.

»Dann hatte ich wohl meine Gründe, das nicht zu tun. Ich will dir deine gute Laune nicht nehmen, aber die Einheimischen nennen Hauptkommissar Hinrich Mattern nicht umsonst oft einen Stinkstiefel. Und das ist noch nett ausgedrückt, wenn du mich fragst.«

»Ich frag dich ja auch gar nicht«, antwortete sie und stemmte ihre Arme angriffslustig in die Hüften.

Die beiden Männer verabschiedeten sich von ihr und wandten sich dem Dienstgebäude zu.

Wiebke blickte ihnen so lange nach, bis sich die gläserne Tür hinter ihnen geschlossen hatte. Erst dann stieg sie in ihren Wagen.

Was hatten Peeters' Worte zu bedeuten gehabt? Was sollte das mit Mattern? Für einen Moment war sie drauf und dran, noch einmal auszusteigen und ihren Ex-Kollegen zur Rede zu stellen. Auch Janssens Blick kam ihr wieder in den Sinn und sein merkwürdiges Verhalten, als die Sprache auf Spiekeroog gekommen war.

»Pffft«, machte Wiebke, zuckte mit den Schultern und rammte den Zündschlüssel ins Schloss. Mit einem energischen Ruck fuhr sie an. Ein polterndes Geräusch auf ihrem Wagendach, dann ein kurzes Scheppern irgendwo hinter ihr auf dem Parkplatz.

Oh verflixt, der Karton!, dachte sie.

Dann gab sie Gas.

Kapitel 3

Die Insel hatte sie mit offenen Armen empfangen. Zumindest war ihr das so vorgekommen, als sie das Fährschiff eine gute Dreiviertelstunde nach der Abfahrt am Hafen von Neuharlingersiel verlassen hatte.

Der erste Juni. Ein Samstag. Nach einem durchwachsenen und kalten Mai war es mit einem Schlag Sommer geworden, mit Temperaturen, die vielerorts und sogar entlang der ostfriesischen Küste weit über der Zwanziggradmarkierung lagen.

Ein strammer Wind spielte mit Wiebkes Haar, als sie wieder festen Boden unter den Füßen spürte, und es hatte den Anschein, als könne sie hier das erste Mal seit Langem wieder richtig durchatmen. Um ihr Gepäck brauchte sie sich nicht zu kümmern. Sie hatte es in Neuharlingersiel aufgegeben und dazu gleich die Dienstleistung des Inselspediteurs von Spiekeroog gebucht. Es würde vermutlich sogar noch vor ihr bei dem kleinen mit orangeroten Tonziegeln gedeckten Haus ankommen, das sich in einer kurzen Straße befand, die man auf den Namen *Südermenss* getauft hatte. Wiebke hatte auch in diesem Punkt Glück gehabt. Das Gebäude, das sich schutzsuchend hinter einen niedrigen Steinwall kauerte, hatte nach dem Tod seiner Besitzerin über ein halbes Jahr lang leer gestanden. Die Tochter der Frau wollte es ursprünglich zu einem Ferienhaus umbauen, fand jedoch offenbar bisher weder Zeit noch Muße dazu. So kam ihr Wiebkes Anfrage gerade recht.

Die junge Kommissarin durfte das Haus zu einer vergleichsweise geringen Miete beziehen und verpflichtete sich dafür, die anfallenden Modernisierungsarbeiten und natürlich die Gartenpflege selbst zu übernehmen.

Wiebke kannte das Haus bisher nur von außen und nur von einigen Fotografien, die ihr die neue Eigentümerin per Mail hatte zukommen lassen.

Wohin sie zu gehen hatte, wusste sie. Und tatsächlich, als sie die kleine windschiefe Pforte in der Steinmauer bediente und das erste Mal auf ihr neues Heim zutrat, lachten ihr bereits ihre beiden Koffer entgegen. Schräg dahinter der olivgrüne Seesack, mit dem sie vor einigen Jahren nach der Schule durch Neuseeland gezogen war.

Es war alles da, was sie für einen Neuanfang benötigte.

Sie zog den Haustürschlüssel aus der Tasche und schob ihn vorsichtig in das Schloss. Ein feierlicher Augenblick, dachte sie. Niemand da, mit dem sie ihn teilen konnte, aber nicht einmal das störte sie.

Sie schloss die Augen, spürte den Schlüssel zwischen ihren Fingern und drehte ihn herum. Er fasste. Sie drückte die Klinke herunter. Die Tür gab ein knackendes Geräusch von sich, das nur solchen Türen innewohnt, die über eine längere Zeit nicht geöffnet worden waren.

Wiebke Eden trat über eine abgenutzte Schwelle auf einen dunklen Terrazzoboden, der den schmalen Flur ausfüllte.

Ein leicht muffiger Geruch drang ihr entgegen. Ein Geruch, der von vielen Jahrzehnten erzählte, in denen der steife Nordseewind bereits über dieses Dach gestreift war, um einen ewig währenden Wettstreit zu führen.

Wiebke betrat die Küche. Dielenboden. Gutes, altes Holz, für die Ewigkeit gemacht. Es knarrte leise, als sie sich darauf fortbewegte.

Alles hier drinnen war alt. Der ockerfarbene Hängeschrank über der klobigen Spüle mit dem tiefen Becken. Hinter den hauchdünnen Glasscheiben winzige Vorhänge. Auf den Regalbrettern war sogar noch Geschirr gestapelt.

In der Mitte des Raums ein alter Kohleofen, der offenbar noch bis zuletzt in Betrieb gewesen war. An der Wand neben dem Feuerkorb lehnte ein rußiger Schürhaken.

Ein einfacher Holztisch, auf dem sich eine Vase mit vergammelten Schnittblumen befand. Das Wasser war restlos verdunstet und hatte lediglich kalkig braune Schlieren an der Innenseite des Glases hinterlassen.

Außer einer Holzbank hinter dem Tisch und einem verloren wirkenden Stuhl unter der Fensterbank gab es keine Sitzgelegenheiten. Auch das war nicht weiter tragisch. Im Gegenteil, es war für Wiebkes Zwecke vollkommen ausreichend.

Sie hätte es gar nicht anders gewollt.

Nach und nach erkundete sie die übrigen Räume, von denen es nicht viele gab. Ein kleines Wohnzimmer mit einer ausrangierten Couch, ein komplett ausgeräumtes Schlafzimmer und im weiteren Verlauf neben der schmalen Speisekammer ein weiterer Raum, der vor ewigen Zeiten vielleicht einmal ein Kinderzimmer gewesen sein mochte.

Immerhin gab es fließend Wasser und funktionierenden Strom, wie Wiebke nach Inbetriebnahme des Sicherungskastens feststellte.

Sie öffnete die Fenster, um die abgestandene Luft zu vertreiben, und ersetzte die vergessenen Blumen durch neue, die sie im kleinen Garten hinter dem Haus fand.

Der Anfang war gemacht. Wiebke war alles andere als verwöhnt. Sie würde hier klarkommen.

Da ihr Dienst erst übermorgen begann, blieb ihr für heute noch genügend Zeit, sich notdürftig einzurichten. Die Couch im Wohnzimmer war vermutlich zu nichts mehr zu gebrauchen, am allerwenigsten wohl als Schlafplatz. Da würden Wiebkes gute alte Isomatte und ihr bewährter Schlafsack ein weiteres Mal herhalten müssen.

Die Kommissarin schaffte ihr Gepäck ins Haus und beließ es dort. Auspacken konnte sie später.

Jetzt zog es sie nach draußen, raus auf die Insel und zurück ins Leben. Sie trat vor die Tür und stellte fest, dass die entsetzlichen Ereignisse aus Bremen langsam vor ihrem inneren Auge verblassten.

Sie schloss die Tür hinter sich, drehte den Schlüssel herum, zog ihn ab und verstaute ihn tief in ihrer Hosentasche.

Eine erste Erkundungstour über die Insel stand an. Ohne Ziel. Sie schlenderte über den Platz vor dem Rathaus, vorbei am kleinen Pavillon und dem alten Inselhaus mit seinem knorrigen Feigenbaum dahinter, bis zur alten Inselkirche. Ein paar frühe

Touristen mit leichten Rucksäcken und Sonnenbrillen im Haar strichen um das 1696 erbaute Gebäude herum und bevölkerten den angrenzenden Friedhof.

Wiebke Eden schlenderte weiter und blieb nach einer Weile vor einem Haus stehen, das sie vage an ihr eigenes erinnerte. Ein wenig abseits des Weges gelegen, umgeben von einem verwilderten Grundstück. Sie trat ein paar Schritte darauf zu und verharrte in ihrer Bewegung. Es war niemand zu sehen, und selbst die Fensterscheiben schienen sich zu weigern, einen Blick durchzulassen.

Es war das Haus ihres neuen Kollegen Hinrich Mattern. Sie wusste es, hatte sie doch die Dokumente, die sie vor ihrem Antritt auf Spiekeroog erhalten hatte, gründlich studiert. Neben Matterns Telefonnummer war auch seine Adresse angegeben gewesen. Wiebke war kurz davor gewesen, an die verwitterte Tür zu klopfen, doch etwas hielt sie davon ab.

War es die Tatsache, dass sich das Haus am Hellerpad befand und allein dieser Name wieder ungute Erinnerungen in ihr heraufbeschwor? Sie tat das als blanken Unsinn ab, konnte allerdings nicht verhehlen, dass ihr bei dieser Erkenntnis ein kalter Schauer den Rücken herunterrann.

Vielleicht war es auch das Haus selbst, das wenig einladend wirkte. Vielleicht war es auch kein guter Zeitpunkt. Sie hatte das Gefühl, es sei besser, ihr Kennenlernen um einen Tag zu verschieben. Morgen war Sonntag. Sie könnte einen neuen Versuch wagen. Einen, bei dem sie möglicherweise sogar ein Stück Kuchen dabeihatte.

Sie machte auf der Stelle kehrt und beeilte sich, dem Hellerpad ein Stück weit nach Osten zu folgen. Ihre Umkehr erinnerte sie selbst mehr an eine Flucht, als ihr lieb war.

Kapitel 4

Als die Inselbäckerei pünktlich um acht Uhr ihre Pforten öffnete, gehörte Wiebke Eden zu den ersten Kunden. Nur wenige Minuten später verließ sie das freundliche Geschäft mit einer Tüte warmer Brötchen und zwei Bechern *Blinkfüür*. Der Espresso war in kleinen Pappbechern abgefüllt, die die junge Kommissarin vor sich her trug.

Die Sonne war längst aufgegangen, der Himmel zeigte sich in strahlendem Blau. Nur ein paar Fächerwolken wurden vom noch leicht kühlen Wind vorangetrieben.

Wiebke Eden erreichte das Haus am Hellerpad nur wenig später. Es machte den gleichen, seltsam verlassen wirkenden Eindruck wie gestern.

Und doch war etwas anders. Vom angrenzenden Grundstück drangen Geräusche herüber. Das gleichmäßige Schnippen einer mechanischen Heckenschere, wie sie vermutete. Zu sehen war auch dort niemand.

Die Kommissarin trat näher an das Haus ihres Kollegen heran. Es war noch früh, es war Sonntag, und sie war sich nicht sicher, ob sie wirklich klopfen sollte. Andererseits war der Kaffee jetzt noch heiß und die Brötchen warm. Und falls Mattern mit ihrem Besuch gar nichts anfangen konnte, sollte er sie eben zum Teufel jagen.

Wiebke tat einen beherzten Schritt auf die verwitterte Tür zu und klopfte. Sie brachte sich in Positur, drückte ihr Kreuz durch und setzte ein Lächeln auf, von dem sie hoffte, dass es ihrer ersten Begegnung standhalten würde.

Nichts passierte. Im Haus regte sich rein gar nichts.

Die Kommissarin wiederholte ihr Klopfen. Auch dieses Mal hatte sie keinen Erfolg. Nun allerdings war das schnippende Schneidegeräusch von nebenan verstummt. Etwas raschelte, als würde jemand auf der anderen Seite der Lorbeerhecke die Zweige auseinanderdrücken.

»Wollen Sie etwa zu Mattern?«

Wiebke drehte ihren Kopf in Richtung des strahlenden Grüns und suchte mit ihrem Blick die Hecke ab. Sie fand nichts. Eine kleine eiserne Pforte quietschte, und ein magerer roter Kater schlüpfte vorsichtig hindurch, erkannte sie, hielt inne, setzte sich auf seinen Hintern und tat anschließend so, als wäre die Frau auf dem Nachbargrundstück das Letzte, für das er sich im Augenblick interessieren würde.

Dem Tier folgte ein großer, hagerer Mann mit buschigen grauen Augenbrauen. Er hielt die Heckenschere noch immer in seiner rechten Hand.

Auch er blieb stehen, in etwa in Höhe seines Katers, und beugte seinen langen Oberkörper mit dem blau karierten Hemd und der gesteppten Weste leicht vor.

»Falls Sie zu Mattern wollen«, sagte er und deutete mit seinem spitzen Kinn zu dem Nachbarhaus hinüber, »der ist nicht da. Ist vor einer halben Stunde mit seinem Hund weg.«

Wiebke ließ die Tüte und den Getränkehalter mit den beiden Kaffeebechern sinken.

»Wissen Sie vielleicht, wann er wiederkommt? Oder wo er hingegangen sein könnte?«

Der Hagere trat einen Schritt vor, dann einen weiteren. Fast so, als würde er sich über ein Minenfeld tasten. Die metallische Schneide seiner nagelneuen Heckenschere blinkte in der Sonne.

»Er ist oft schon ganz früh auf und geht mit seinem Hund am Strand spazieren. Weil er um die Zeit die wenigsten Menschen trifft.«

»Klingt ja fast so, als könnte er nicht gut mit Menschen«, antwortete Wiebke lächelnd. Das Frühstück in ihren Händen wurde zunehmend schwerer.

»Ja, also wissen Sie …«

Der Mann von nebenan brach ab, als hätte er Skrupel, Worten freien Lauf zu lassen, die er nie wieder würde zurücknehmen können. Stattdessen blickte er nachdenklich auf seinen Kater, der dazu übergegangen war, sein rechtes Hinterbein ausgiebig und mit geschlossenen Augen einer Wäsche zu unterziehen. Fast widerwillig löste er seine Aufmerksamkeit von dem Tier und sah Wiebke Eden an.

»Sind Sie … eine Freundin?«

23

Der Kommissarin war der gewisse Unterton in der Stimme des Mannes nicht entgangen. Er hatte es so gesagt, als wäre die Möglichkeit, Mattern könne überhaupt Besuch erhalten, in etwa so kurios wie eine auf dem Rücken fliegende Möwe.

»Mein Name ist Wiebke Eden«, sagte sie. »Ich bin die neue Kollegin von Hauptkommissar Mattern.«

Falls ihre Worte auf den Mann mit der Heckenschere irgendeine Wirkung hatten, verstand er es ausgezeichnet, diese vor ihr zu verbergen. Allenfalls bekam sein leicht blasses Gesicht mit den tief in den Augen liegenden Höhlen einen leicht mitleidigen Ausdruck.

»Welchen Weg nimmt er denn für gewöhnlich zum Strand?«, fragte Wiebke, die die Situation gerne beenden wollte.

Der Hagere hob den rechten Arm so, dass die Spitze seiner Heckenschere auf den Hellerpad und somit gleichzeitig fast auf den gesamten Rest der Insel deutete.

»Durch die Dünen«, sagte er knapp. »Wenn Sie auf Spiekeroog zum Strand wollen, müssen Sie immer erstmal durch die Dünen.«

Wiebke folgte mit ihrem Blick der Scherenspitze. »Danke«, antwortete sie.

»Nicht dafür. Mein Name ist übrigens Gunther. Doktor Jesko Gunther. Ich war mal Studienrat. Und Direktor an der Hermann-Lietz-Schule hier auf Spiekeroog. Das war allerdings noch vor dem Umbau.«

»Ah ja«, antwortete Wiebke. »Schön, Sie kennenzulernen, Doktor Gunther.«

»Das da ist übrigens Ocko.« Der pensionierte Beamte deutete mit seiner Schere auf den roten Kater.

Das Tier hatte augenscheinlich seinen Namen vernommen, denn es hielt für einen Moment in seinen Bewegungen inne, wobei es schien, als wäre die ausgestreckte rosafarbene Zunge am Hinterbein kleben geblieben. Nur eine Sekunde später, als Ocko mitbekam, dass er nicht mehr im Mittelpunkt stand, nahm er seine vorherige Tätigkeit wieder auf.

»Vielleicht kommen Sie mich irgendwann einmal besuchen«, schlug Gunther vor.

Oh Gott, bloß das nicht, dachte Wiebke. Laut sagte sie: »Warum nicht? Das würde mich freuen.« Sie sah zum Hellerpad hinüber. »Ich fürchte, jetzt muss ich aber los, wenn ich Mattern noch einholen will.«

Gunther nickte grimmig. »Sie werden ihn sicher nicht verfehlen. Er ist immer allein unterwegs.«

Wiebke nickte und verabschiedete sich. Sie konnte der Versuchung nicht widerstehen, sich kurz vor dem Pad noch einmal umzudrehen.

Gunther war hinter seiner geschlossenen Pforte stehen geblieben, in der einen Hand die Schere und die andere auf den oberen Rand des dunkelgrün gestrichenen Metalls gelegt. Er sah ihr hinterher. Er winkte nicht. Er lächelte nicht, zeigte auch ansonsten keine Regung.

Er starrte nur. Genau wie sein Kater, der neben ihm hockte.

Kapitel 5

Mit einem sirrenden Geräusch flog der faustgroße Gummiball an seiner Schnur durch die Luft und beschrieb einen hohen Bogen, bevor er gute fünfzehn oder zwanzig Meter weiter in den nassen Wattsand platschte.

Der große Golden Retriever hatte sich längst in Bewegung gesetzt, war mit einem winselnden Laut gestartet. Seine kräftigen Pfoten stemmten sich in den Sand und wühlten ihn auf. Um den Ball einzuholen, brauchte das Tier kaum mehr als vier oder fünf Sekunden. Mit einem triumphierenden Knurrlaut packte er den Ball und zog ihn aus dem Schlick. Die goldgelbe Rute wedelte, während der Hund stolz und zufrieden zu seinem Herrchen zurücktrabte.

Mit triefender Schnauze legte er den Ball mit der Wurfschnur vor den Füßen des Mannes ab. Er hockte sich auf die Hinterläufe, hob den Kopf und blickte mit offener Schnauze und herabhängender Zunge erwartungsvoll nach oben.

»Ist ja gut, Marlowe«, sagte der Stoppelbärtige, während er sich nach dem Ball bückte. »Davon kriegst du nie genug, hm?«

Der Retriever-Rüde tappte mit seiner rechten Vorderpfote in den Sand und gab einen ungeduldigen Laut von sich. Es gab immerhin eine neue Mission für ihn zu erledigen, die nicht mehr länger aufgeschoben werden konnte.

Das Spiel wiederholte sich von Neuem. Der Ball sauste durch die Luft, dieses Mal noch höher, noch weiter.

Marlowe kläffte einmal laut und machte aus dem Stand kehrt, um dem Geschoss nachzujagen.

Sein Herrchen blickte dem Ball nach und nahm in diesem Augenblick auf dem Watt einen Punkt wahr, der sich unbeholfen, aber rasch näherte. Jemand rief etwas und fuchtelte aufgeregt mit den Armen. Es war kaum mehr zu erkennen.

Der Mann mit dem dunklen Stoppelbart schirmte seine Augen gegen die Sonne ab und blickte auf das graue Watt hinaus, von dem die Flut vor etwas mehr als zwei Stunden abgelaufen war. Die Gestalt näherte sich von den Austern- und Muschelbänken, die der Ostfriesischen Insel vorgelagert sind.

Noch immer wedelte der andere mit den Armen. Noch immer rief er irgendetwas, das selbst bei genauem Hinhören nicht zu verstehen war.

Währenddessen hatte Marlowe seinen Ball apportiert und wartete voller Ungeduld darauf, dass das Spielen fortgesetzt wurde.

»Jetzt nicht, Marlowe«, raunte sein Herrchen. Der Mann spürte sofort, dass etwas nicht in Ordnung war.

Er ging dem anderen entgegen. Die Gestalt des Mannes schälte sich aus dem Watt, in dessen seichten Prielen sich die Sonne und der blaue Himmel spiegelten. Sie gewann immer mehr an Kontur und wurde schließlich zu einem Mann namens Jan Claasen, der sein Geld als Fischer verdiente und der vermutlich heute am frühen Morgen bereits zu den Muschelbänken gestiefelt war.

Seine schweren Gummistiefel schmatzten durch den Schlick bis zum nassen Sand hinauf.

»Moin, Mattern!« Claasen wäre offenbar gleich sehr viel mehr losgeworden, doch er japste wie ein Fisch auf dem Trockenen nach Luft.

»Moin, Claasen«, gab der Angesprochene zurück. »Was gibt's?«

Der Fischer deutete zu den Muschelbänken hinaus, die etwa zwei Kilometer vom Strand entfernt lagen.

»Du musst mit rauskommen! Das … das musst du dir ansehen!« Claasen fuchtelte ungeduldig mit den Armen, zeigte immer wieder aufs Watt. Sein graues Haar klebte ihm in Strähnen unter seiner Fischermütze. Sein Gesicht war gerötet, zeigte hektische Flecken.

»Was ist da draußen?«, fragte Mattern.

Claasen schüttelte den Kopf. »Musst du sehen«, antwortete er. »Musst du dir selbst ansehen.«

Damit drehte sich der Mann bereits um und stiefelte los.

Mattern gab einen leisen Seufzer von sich, zog sich die Schuhe aus und machte sich daran, dem anderen zu folgen. Dabei ignorierte er Marlowes Kläffen. Der Retriever hatte den Ball fallen lassen und trippelte unruhig von einer Stelle zur anderen. Er warf dem Ball einen letzten sehnsüchtigen Blick zu und jagte dann seinem Herrn hinterher.

Marlowe liebte das Wasser. Er hätte sich eine solche Gelegenheit niemals entgehen lassen.

Mattern ließ ihn gewähren. Der Kommissar verzichtete auch darauf, Claasen weitere Fragen zu stellen. Die beiden kannten sich zu lange. Sie sprachen nur das Notwendigste miteinander. Nicht, weil sie sich nicht ausstehen konnten, sondern weil beide unabhängig voneinander der Ansicht waren, dass man sich auf das Wesentliche beschränken sollte. Sie gehörten zu dem Schlag Ostfriesen, die einen Urlauber schief ansahen, wenn dieser statt einem einfachen *Moin* gleich mit einem völlig übertriebenen *Moin, Moin* daherkam. Wer so etwas tat, galt bei ihnen als *Sabbelkopp*, und von dieser Meinung ließen sie sich beide nicht abbringen.

Mattern würde also warten, bis Claasen ihn an die Stelle geführt hatte, zu der sie unterwegs waren. Alles andere wäre nur Wind um nichts.

Die Muschelbänke waren bereits von Weitem sichtbar. Eine leicht sandbraune Fläche, die sich vom Grau des Watts abhob.

Die Holländer hatten in den Sechzigerjahren des letzten Jahrhunderts vor ihren Nordseeinseln einige Tests mit Muschelzüchtungen betrieben. Dabei hatte sich offenbar herausgestellt, dass die Pazifische Auster unter gewissen Bedingungen auch in diesen Breitengraden gedeihen konnte. Die allmähliche Klimaerwärmung um die Jahrtausendwende hatte schließlich dafür gesorgt, dass sich diese Muschelgattung heimisch fühlte und sich ab dann weiter ausbreitete. Dabei verband sie sich nicht selten mit der Miesmuschel, die an sich wesentlich ältere Rechte in diesen Gewässern hatte. Beide Muschelarten waren nun in ausreichenden Mengen vor den Ostfriesischen Inseln anzutreffen, und das alles in einem zumeist friedlichen Miteinander.

Mattern bekam jedoch bald einen Eindruck davon, dass der Frieden hier draußen gestört worden war. Er sah die menschliche Gestalt bereits aus einiger Entfernung. Sie lag auf der Austernbank wie hingegossen.

Der Kommissar hörte Claasen neben sich umso aufgeregter atmen, je näher sie der Stelle kamen.

Nur noch ein paar Schritte. Mattern drehte sich zu Marlowe um, sah das Tier streng an, hob seine rechte Hand mit dem ausgestreckten Zeigefinger.

»Sitz!«

Marlowe setzte sich.

»Bleib!«

Marlowe blieb. Wenn auch ungern.

Mattern wandte sich von seinem Hund ab, wohl wissend, dass Marlowe dort und genau dort auf ihn warten würde. Vermutlich so lange, bis die Flut einsetzte, was in etwa drei Stunden der Fall sein würde.

Er folgte Claasen bis zu der männlichen Leiche. Dass es sich um eine Leiche handelte, war auf den ersten Blick klar. Und dass sie männlich war, wurde ebenso schnell offensichtlich, denn der Tote dort auf der Austernbank war nackt.

Mattern war wieder in seine Turnschuhe geschlüpft. Das hatte einen guten Grund, denn die Kanten der Pazifischen Austern waren rasiermesserscharf.

Genau diese Erfahrung hatte wohl auch der Tote gemacht, denn sein Körper war von zahlreichen zum Teil tiefen Schnittwunden übersät. Er lag auf dem Rücken, in einer unwürdigen Position, obwohl es sicher ohnehin niemand fertiggebracht hätte, dieser Situation noch etwas annähernd Würdevolles abzugewinnen.

Auch die Brust, der Bauch und die Oberschenkel des Mannes waren von Schnitten versehrt. Was auch immer hier passiert war, er musste währenddessen mehrfach seine Position verändert haben. Und das ganz sicher nicht freiwillig.

»Schöner Mist, wa?«, fragte Claasen.

Mattern nickte. »Jau«, schob er hinterher, ohne seinen Blick von der Leiche abzuwenden, »schöner Mist.«

Mattern starrte auf den Toten herunter. Der fast kahle Kopf war von Schrammen gekennzeichnet, die das ablaufende Wasser zum Teil wieder reingewaschen hatte. Gleiches galt auch für die meisten übrigen Schnittwunden, von denen einige wulstigen, blutleeren Lippen glichen. Die Schnitte auf dem deutlich ausgewölbten Bauch, offenbar die letzten, die ihm zugefügt worden waren, bevor man ihn wieder auf den Rücken gedreht hatte, waren blutverschmiert.

Die Augen waren salzverkrustet. Sand klebte im schütteren Haar, auf den Wangen und den blassen, fischgleichen Lippen des Mannes. Mit gebrochenem Blick und aus toten Augen starrte er ziellos in den blauen Junihimmel.

»Und nu?«

Die Stimme Claasens riss ihn aus seinen Beobachtungen, seinen ersten Gedanken, die sich bereits aufgemacht hatten, auf eine möglicherweise lange Reise mit noch unbekanntem Ziel.

Mattern drehte seinen Kopf in die Richtung des Fischers. Er nahm Blickkontakt auf und deutete schließlich mit seiner Kinnspitze auf die Leiche.

»Schon mal gesehen?«

Claasen drehte sich zur Seite und spie ein Stück Kautabak aus. Dann beugte er sich vorsichtig über das Gesicht des Toten, sodass es vorübergehend vom Schatten des Fischers bedeckt wurde.

»Nee. Muss 'n Touri sein.«

Genau das hatte Mattern auch gedacht. Obwohl er sich kaum mit anderen abgab, kannte er doch so gut wie jeden auf der Insel. Und obwohl der Tote nackt war, sah er doch irgendwie so aus, als würde er hier nicht hingehören. Schon gar nicht auf die Muschelbank.

Mattern kniete sich zu dem armen Teufel nieder, schloss ihm die Augen und betrachtete die Schnittwunden. Mit der rechten Hand fächerte er die Fliegen weg, die bereits vereinzelt ihren Weg hierher gefunden hatten. Sie stoben auf, verschwanden kurz aus dem Blickfeld, nur um sich gleich darauf wieder an anderer Stelle auf der Leiche niederzulassen.

Mattern hielt Ausschau nach Schnitt- oder Stichverletzungen, die möglicherweise nicht von den scharfkantigen Muscheln herrührten. Solche, die ihm vielleicht vorher zugefügt worden waren, bevor man ihn hierher geschafft hatte. Das herauszu-finden war jedoch alles andere als einfach, und der Kommissar musste sich bei der Fülle an Verletzungen eingestehen, dass er diese Aufgabe besser einem Fachmann überlassen sollte.

»Irgendwas gesehen, Claasen?«, fragte er.

Der Fischer sah ihn an. »Gesehen?«

Mattern deutete auf den Toten und blickte über die Muschelbänke. »Ja, weißt schon: irgendwelche Leute vielleicht. Insulaner. Gäste.«

»Nee«, antwortete Claasen gedehnt. »Da war nix. Kein Mensch.«

»Wann hast du ihn gefunden?«

»Vorhin. Vor zwanzig Minuten vielleicht.«

Mattern nickte. »Der muss hier weg, bevor die Flut kommt.«

Claasen kratzte sich an dem grauweißen Kraut, das um sein knochiges Kinn wucherte. »Ich hab drüben noch 'ne Abdeckplane liegen.«

Wo auch immer drüben war, Claasen machte sich, ohne eine Antwort des Kommissars abzuwarten, in diese Richtung auf.

Marlowe bellte auf dem Watt. Und Mattern stand vor dem ungewöhnlichsten Mordfall seiner Laufbahn.

Kapitel 6

Irgendwo am Strand kläffte ein Hund.

Wiebke Eden hatte die Dünen, von denen Gunther gesprochen hatte, längst hinter sich gelassen. Die Nordsee hatte sich weit zurückgezogen. Ein paar Priele und Wasserlachen spiegelten sich in der Sonne. Der Strand bevölkerte sich langsam. Es war der offizielle Start der Hochsaison, obwohl die großen Schulferien noch nicht begonnen hatten. Dennoch tummelte sich auf Spiekeroog bereits eine ansehnliche Zahl von Urlaubern und Tagestouristen, die mit einer der ersten Fähren auf die Insel gekommen waren. Die zog es jedoch zumeist in den Norden der Insel, wo sich der Badestrand befindet.

Zwei Jogger überholten Wiebke, während sie auf den im Watt hockenden Hund zumarschierte und gleichzeitig Ausschau nach seinem Herrchen hielt.

Zwei der vier Brötchen hatte die junge Kommissarin bereits verloren, weil ihr kurz hinter den Dünen die dünne Papiertüte gerissen war. Den Kaffee in den Bechern konnte man auch nur noch mit viel Wohlwollen als handwarm bezeichnen. Sie begann langsam, ihre eigene Aktion als Idiotie zu verteufeln. Was hatte sie sich nur dabei gedacht, hier rauszulaufen?

Sie erreichte den Golden Retriever, der im nassen Sand hockte und seinen Blick stur auf die Muschelbänke, genauer gesagt auf eine der beiden Gestalten, gerichtet hielt.

Die andere kam ihnen in diesem Augenblick entgegen. Ein älterer Mann, ganz offensichtlich ein Einheimischer. Er kaute verbissen auf einem Stück Tabak herum und murmelte währenddessen etwas vor sich her, das Wiebke nicht verstand.

Der Fischer schien im ersten Moment auch nur auf den Hund zu achten. »Tööf man. He kümmt glieks wedder.«

Der Hund an Wiebkes Seite stieß einen hechelnden Laut aus. Zwischen seinen Pfoten befand sich ein vernachlässigter Gummiball an einer Schnur, der ein gutes Stück in den Sand eingesunken war.

Erst jetzt schien der Alte zu bemerken, dass der Hund nicht allein war. Er musterte Wiebke kurz.

Die Kommissarin erkannte, wie er sie gedanklich in irgendeine Schublade steckte. Sie hätte zu gern gewusst, in welche.

Um ihm zuvorzukommen, fragte sie: »Der Mann da draußen ... ist das Kommissar Mattern?«

Der Fischer drehte sich um und blickte kurz zu den Muschelbänken hinaus, als müsse er sich erst vergewissern.

»Jau. Aber der hat jetzt bestimmt keine Zeit für Sie.«

Wiebke blinzelte, blickte nach draußen. Mattern trat an einer Stelle umher und beugte sich über etwas, das von hier aus unmöglich zu erkennen war.

»Was macht er denn da draußen?«

Der Fischer sah sie an und kratzte sich in flinken Bewegungen den Bart. Sein Gedankenapparat arbeitete sichtlich schwer, es ratterte und knarrte dabei an allen Ecken und Enden.

»Sach ich nich.«

Damit wandte er sich ab und hatte es plötzlich eilig, ans Ufer zurückzugelangen, als hätte er noch einen ungemein wichtigen Auftrag zu erledigen. Die Sohlen seiner Stiefel platschten dabei wie Entenfüße über den Sand, und auch sein leicht watschelnder Gang erinnerte Wiebke irgendwie an Geflügel. Der Vergleich amüsierte sie. Gleichzeitig allerdings spürte sie, dass Mattern möglicherweise nicht freiwillig da draußen war. Die Art, wie er sich über den Gegenstand im Watt beugte, hatte sie selbst in ihrer noch jungen Laufbahn bereits oft genug gesehen.

Sie knibbelte den Deckel von einem der Pappbecher und nippte am Kaffee. Er war gut und stark, aber leider nur noch lauwarm. Immerhin besser als nichts.

Sie setzte sich in Bewegung und registrierte aus den Augenwinkeln, dass es den Retriever nun ebenfalls nicht mehr an seinem Platz hielt. Wie selbstverständlich trottete er neben ihr her, ohne sie dabei auch nur einmal anzusehen.

Auf halber Strecke hatte sie ihren Becher geleert und knüllte ihn in ihrer rechten Hand zusammen.

Plötzlich erkannte sie, dass da im Watt bei den Muscheln kein Gegenstand lag, sondern ein Mensch. Ein Mann. Und obendrein tot, wie zu befürchten war.

Automatisch beschleunigte sie ihre Schritte. Der Hund an ihrer Seite hielt locker mit, passte sich automatisch ihrem Tempo an.

Noch ein paar Meter. Falls Mattern sie bereits gesehen hatte, ließ er sich das nicht anmerken.

Erst im beinahe letzten Augenblick drehte er sich mit einem Ruck um.

»Was soll das? Nehmen Sie gefälligst den Hund hier weg!«

Wiebke blieb abrupt stehen. »Ich dachte, der gehört zu Ihnen.«

»Tut er auch. Aber er hat hier nichts zu suchen!«

Mattern sah sie grimmig an. Auch Marlowe war stehen geblieben und machte ein schuldbewusstes Gesicht.

Wiebke starrte auf die Leiche im Watt und erschrak. Der Mann sah aus, als sei er von den scharfen Muscheln aufgespießt worden. Sein dicker Bauch war von einer glänzenden, rotbraunen Schicht überzogen, auf der sich ein paar Fliegen versammelt hatten.

Die Kommissarin spürte, wie sich der Kaffee in ihrem Magen bemerkbar machte. Vielleicht der Kaffee, vielleicht war es auch etwas anderes. In jedem Fall versuchte sie, das aufkommende Ekelgefühl zu bekämpfen, was ihr allerdings nur gelang, als sie ihr Gesicht für einen Moment in den Wind drehte.

»Sie machen besser, dass Sie von hier verschwinden«, sagte Mattern barsch. »Und nehmen Sie Marlowe mit.«

Wiebke Eden holte tief Luft und lenkte ihren Blick auf den Hund. Er hatte ihn Marlowe genannt? Nun, warum nicht, dachte sie. Irgendeinen Namen musste schließlich jeder haben, sonst würde es schwierig.

»Ich bin Wiebke Eden«, sagte sie, nicht ganz ohne Stolz.

Er schnippte mit den Fingern seiner Rechten. »Haben Sie ein Dings … ein Mobiltelefon dabei?«

»Ein Smartphone«, antwortete Wiebke mechanisch.

»Toll. Dann rufen Sie mal in Wittmund an. Die sollen ein Team der Spurensicherung klarmachen und rüberschicken. Und lassen Sie sich bloß nicht mit irgendwelchen Ausreden abspeisen. Sie sehen ja, was los ist.«

Wiebke nickte. Wieder mechanisch. Sie war von Haus aus nicht auf den Mund gefallen, im Augenblick jedoch verschlug ihr die Situation die Sprache.

Sie fingerte mit der rechten Hand ihr Telefon aus der Tasche ihrer Windjacke.

Matterns dunkle Augen verengten sich. Eine senkrechte Falte entstand auf seiner Stirn. Er deutete zum Ufer hinüber.

»Machen Sie das von da drüben. Und nehmen Sie ...«

»Ihren Hund mit, jaja, das hab ich schon kapiert.«

Sie wandte sich ab, klopfte Marlowe sachte auf den breiten Rücken und ging ein paar Schritte in die von Mattern vorgeschlagene Richtung.

»Geh schon mit, Marlowe«, sagte Mattern. »Na los!« Er vollführte eine herrische Handbewegung, ähnlich der, mit der er zuvor die Schar Fliegen zum Abflug überredet hatte.

Wiebke Eden fühlte etwas in sich brodeln. Auf ihrer Zunge machte sich wieder der bittere Geschmack des Kaffees bemerkbar.

»Die Spusi wird nicht rechtzeitig eintreffen«, sagte sie und deutete auf den Toten. »Wir müssen ihn hier wegschaffen, bevor das Hochwasser einsetzt.«

Mattern, der sich bereits wieder der Leiche zugewandt hatte, drehte sich noch einmal zu ihr um, sagte jedoch kein Wort.

Da fiel Wiebke der Fischer ein, der ihr auf dem Watt entgegengekommen war.

»Oh, klar«, sagte sie. »Mein Fehler. Wollen Sie vielleicht einen lauwarmen Kaffee?«

Kapitel 7

Wiebke wartete. Was sie hatte tun können, war getan. Die übergeordnete Dienststelle sandte ein Team der Spurensicherung einschließlich eines Gerichtsmediziners mit einem Boot herüber. Mit dem Eintreffen der Leute rechnete man allerdings nicht innerhalb der nächsten zwei Stunden.

Der zweite Kaffee war getrunken. Auch hatte sie eines der zerknautschten Brötchen aus ihrer Tüte verzehrt. Den Rest hatte sie vorschriftsmäßig in einem Abfallbehälter entsorgt, auch wenn Marlowe kurz einen sehnsüchtigen Blick auf das letzte Brötchen geworfen hatte.

Sie beobachtete, wie Fischer Claasen mit einer zusammengerollten Plane unter dem Arm über das Watt stiefelte. Aus der Ferne konnte Wiebke beobachten, wie die beiden Männer die Leiche von der Muschelbank hievten und sich kurz darauf mit ihrer Last auf den Weg machten.

Sie trugen ihr Bündel, bis sie eine ebene Sandfläche erreichten. Dort setzten sie ab und zogen den Toten kurzerhand hinter sich her.

Inzwischen waren einige Wanderer und Jogger stehen geblieben, um einen Blick auf das ungewöhnliche Treiben zu erhaschen. Die Kommissarin forderte die Leute auf, weiterzugehen, und ermahnte sie zudem, ja ihre Handys und Kameras steckenzulassen.

Wiebke hatte sich ein wenig beruhigt, wenn auch nicht vollständig. Noch immer grollte etwas in ihr bei dem Gedanken daran, wie barsch sie Mattern da draußen im Watt abgekanzelt hatte.

Sie begann allmählich zu verstehen, was ihre alten Kollegen in Bremen bei den Andeutungen über den eigenwilligen Hauptkommissar auf Spiekeroog im Sinn gehabt hatten.

Neben ihr machte Marlowe ein winselndes Geräusch. Er hatte ihr den Ball vor die Füße gelegt und sah sie nun erwartungsvoll an.

»Du kommst mit ihm klar, ja?«, fragte Wiebke. Sie hob den Ball auf. »Dann sollte ich es ja wohl auch noch schaffen.«

Sie packte die Schnur und legte all ihren Frust in den Wurf. Zu Marlowes grenzenloser Begeisterung flog der Ball hoch und vor allem weit.

Die Kommissarin blickte auf das Watt hinaus, über das sich die Männer nun bis auf eine Distanz von ein paar Metern genähert hatten.

Unmittelbar neben Wiebke zogen sie ihre unheilvolle Fracht auf den trockenen Sand. Beide waren außer Atem.

Wiebke Eden blickte auf die Plane herunter, die so gefaltet war, dass ein flüchtiger Betrachter den möglichen Inhalt nur erahnen konnte.

Sie hörte die beiden Männer ein paar knappe Worte miteinander wechseln. Kurz darauf tippte sich Claasen zum Gruß an die Stirn und stiefelte ab. Er packte seinen Eimer, den er am Strand hatte stehen lassen, und war in wenigen Augenblicken verschwunden.

Marlowe kehrte von seinem kleinen Ausflug zurück, warf seinen Ball in den Sand und drückte sich dankbar und zufrieden an die Beine seines Herrn.

»Was dagegen, wenn ich mal einen Blick auf die Leiche werfe?«, fragte Wiebke, nachdem sie geschlagene fünf Minuten vergeblich darauf gewartet hatte, dass Mattern von sich aus das Wort ergriff.

Sie trat auf die Plane zu und sah dem Hauptkommissar, ihrem neuen Vorgesetzten, direkt in die Augen.

Er wich ihr nicht aus. Überhaupt zeigte sein markantes Gesicht keinerlei Regung. Und das ärgerte die junge Kommissarin am meisten. Wäre er ihr mit Verachtung oder wenigstens Skepsis entgegengetreten, hätte sie besser damit umgehen können. So bekam sie allerdings eher das Gefühl, dass sie für den dunkelhaarigen Mann überhaupt nicht existierte.

Mattern strich sich mit Zeigefinger und Daumen seiner Linken über den leicht geröteten Nasenrücken und gab ein leises, schniefendes Geräusch von sich.

»Wenn Sie meinen«, sagte er sehr viel später.

Wiebke presste ihre Lippen aufeinander und ging vor der dunkelblauen Plane in die Hocke. Sie schlug die Enden auseinander. Eines wurde sofort vom Wind erfasst und schoss flatternd zur Seite weg.

Der Tote musste gute hundert Kilo wiegen. Wahrscheinlich sogar einiges mehr, dachte Wiebke. Am Boden der Plane hatte sich eine kleine Lache aus Blut gebildet, die eher aus einer Art sandigem Schmierfilm bestand. Der Rest seines Lebenssafts war draußen in der Nordsee gelandet. Wiebke hielt es für sehr wahrscheinlich, dass der Mann verblutet war.

»Was glauben Sie?«, fragte die Kommissarin und blickte zu Mattern auf. »Ob man ihn vorher betäubt und dann aufs Watt rausgeschafft hat?«

Mattern, der auf die noch weit entfernte See hinausgeblickt hatte, wandte mit einem Blinzeln den Kopf in ihre Richtung, ganz so, als hätte ihre Frage einen wichtigen Gedankengang unterbrochen.

»Warum sagen Sie mir nicht, was Sie glauben?«, fragte er zurück. »Das hatten Sie doch sowieso vor, oder?«

Wiebke sah ihren Vorgesetzten an, verkniff sich jedoch eine Antwort. Sie wandte ihren Blick wieder der Leiche zu.

Sie betrachtete sie von allen Seiten, nutzte dabei die Plane, um den schweren Körper leicht zu drehen und ihn dabei nicht anfassen zu müssen. Nach einer Weile verdeckte sie den Toten und stemmte sich in die Höhe.

»Jede Wette, dass er vorher sediert wurde«, sagte sie. »Er wäre ja wohl auch nicht freiwillig da raus gegangen, noch dazu ohne Kleidung.«

»Wetten Sie nur oder können Sie Ihre Mutmaßung auch durch irgendetwas belegen?«

Wiebke Eden beugte ihre Arme durch und hob sie vor Mattern in die Höhe. »Er hat Hämatome an beiden Handgelenken. Aufgrund des Blutverlusts nur schwach erkennbar, aber ich halte die Spuren dennoch für eindeutig. Jemand hat ihn an den Strand geschafft und an beiden Handgelenken über das Watt gezogen. Vermutlich bei ablaufender Flut. Das muss dann also ungefähr heute Morgen gegen sechs Uhr gewesen sein. Ferner muss es sich bei dem Täter um einen Mann handeln, denn eine Frau hätte dieses … diesen …«

»Er war ein ganz schöner Brocken«, antwortete Mattern knapp. »Das ist nicht zu übersehen.«

»Danke«, sagte Wiebke.

Er sah sie blinzelnd an. »Wofür?«

»Dafür, dass Sie sich anscheinend doch dafür entschieden haben, mit mir zu reden.« Aus einem spontanen Impuls heraus streckte sie ihm ihre rechte Hand entgegen. »Mein Name ist übrigens Wiebke Eden. Ich bin …«

»Geschenkt«, fuhr ihr Mattern dazwischen. Er sagte es in einem gelangweilten Tonfall, während er Marlowe hinter den Ohren kraulte.

Wiebke ließ ihre Hand sinken. »Ich habe schon gehört, wie Sie so sind.«

Sein rechter Mundwinkel zuckte. »Wie bin ich denn?«

»Schwierig.« Sie hielt ihre Arme vor der Brust verschränkt. Sie war einen halben Kopf kleiner als er, was nicht einmal daran lag, dass sie in einer Senke stand. Die Tatsache ärgerte sie, weil es bedeutete, dass sie immer irgendwie würde zu ihm aufsehen müssen.

»Keine Ahnung, ob Ihnen heute eine besondere Laus über die Leber gelaufen ist, aber wenn Sie ein persönliches Problem mit mir haben, nur weil ich vielleicht eine …«

Er hob beide Hände in die Höhe, zeigte ihr seine Innenflächen. »Könnten Sie vielleicht für einen Moment mal damit aufhören?«

»Womit genau?«

»Mir auf die Nerven zu gehen. Hält ja kein Mensch aus, sowas.«

Sie stemmte ihre Hände in die Hüften. »Ich wollte nur klarstellen, dass ich …«

»Sie glauben also, er wurde sediert«, fuhr ihr Mattern in die Parade. »Also gut, schön. Das glaube ich auch.«

Sie sah ihn überrascht an, sagte aber nichts.

»Auch dass er über das Watt bis auf die Austernbank geschleift wurde. Die Abschürfungen und Schnitte an seinen

Fersen sprechen dafür. Jetzt mal die große Preisfrage an Sie: Wer macht so etwas und vor allem warum?«

»Dazu …«, sie räusperte sich leicht, »dazu müssten wir erstmal rausfinden, wer dieser Mann eigentlich ist. Oder vielmehr war.«

»Wissen wir aber nicht.«

»Noch nicht.«

Er drehte seinen Kopf in ihre Richtung. »Wenn ich eins nicht leiden kann, dann ist es, wenn man versucht, mich zu verbessern. Warum beantworten Sie nicht einfach meine Frage?«

Wiebke hob abwehrend die Hände. »Okay, wie Sie wollen. Ich nehme an, dass dies hier nicht die Tat irgendeines Verrückten ist. Dieser Mann hier war sicher auch kein zufälliges Opfer. Die Art und Weise, wie er umgebracht wurde, lässt darauf schließen, dass irgendjemand einen gewaltigen Hass gegen ihn geschoben hat. Nur dann macht sich jemand eine solche Mühe.«

»Schon besser«, sagte Mattern.

»Das ist alles, was Sie dazu zu sagen haben?«

»Ja«, antwortete er. »Denn für alles Weitere müssten wir erstmal wissen, wer dieser Mann war.«

»Hab ich irgendwo schon mal gehört. Und wie geht es jetzt weiter?«

Der Hauptkommissar blickte demonstrativ ins Landesinnere. »Naja, ich nehme an, Sie werden sich erstmal einrichten wollen oder so. Dazu haben Sie ja noch reichlich Zeit. Wir sehen uns dann morgen.«

»Was?« Wiebke funkelte ihr Gegenüber aus ihren haselnussbraunen Augen an. »Soll das etwa heißen, dass Sie mich nicht dabeihaben wollen?«

»Es soll heißen, dass Ihr Dienstantritt erst morgen ist«, gab er ruhig zurück. »Warum tun Sie uns beiden dann nicht den Gefallen und genießen noch ein wenig die Insel und das schöne Wetter?«

Die junge Kommissarin wollte etwas erwidern, wollte es mit aller Macht, fand jedoch nichts, was sie ihm hätte an den Kopf werfen können, ohne bereits vor ihrem ersten Tag eine Abmahnung wegen Beleidigung eines Vorgesetzten zu kassieren.

Also beließ sie es dabei, ihn giftig anzufunkeln und auf der Stelle kehrtzumachen.

Sollte der alte Stinkstiefel doch sehen, was er davon hatte.

Kapitel 8

Sie hatte alles, was sie wissen musste, um auf die Suche gehen zu können. Sie wusste, dass ein Verbrechen geschehen war, sie wusste ungefähr, wann es passiert war und wo. Der Tote war zudem sicher nicht zufällig auf die Insel geraten. Seine Fingernägel waren sorgsam manikürt gewesen, der Rest seines Haars gepflegt. An seinen Händen hatten sich keine Schwielen oder Hornhaut befunden. Der Tote war ein Mann gewesen, der mit dem Kopf gearbeitet hatte. Zudem schien es ihm zuletzt recht gut gegangen zu sein. So jemand war selten allein unterwegs. Folglich musste er irgendwo eine Lücke hinterlassen. Und irgendwo auf der Insel musste mit etwas Glück jemand existieren, der diesen Mann vermisste oder sich zumindest Fragen über seinen Verbleib stellte.

Diese Person galt es zu finden.

Solche und ähnliche Gedanken machte sich Wiebke, während sie sich ihren Weg vorbei an den Richelwiesen bahnte und schließlich über den um diese Zeit bereits geöffneten und duftenden Rosengarten Kurs auf den Ortskern nahm, zu dem auch einige der Hotels gehörten.

Natürlich war es in der Theorie denkbar, dass der Tote auf dem Zeltplatz im Westen der Insel campiert hatte oder in einem privat vermieteten Fremdenzimmer untergekommen war, allerdings hatte der Mann weder nach dem einen noch dem anderen ausgesehen.

Auf ihrem Weg in den Ortskern machte sie halt bei einigen kleineren Pensionen, deren wenige Zimmer schon jetzt, zu Beginn der Hochsaison, vollständig ausgebucht waren. Sie kam ins Gespräch mit den Betreibern und gab sich dabei offen als Kommissarin zu erkennen, doch nirgends wurde jemand vermisst. Alle waren rechtzeitig zum Frühstück aufgetaucht oder hatten sogar schon den ersten Spaziergang am Strand unternommen.

Ja, es kam ihr ein wenig so vor, eine Stecknadel im Heuhaufen zu suchen. Nur dass der Mann mit Sicherheit weitaus auffälliger war. Je länger sie darüber nachdachte, desto überzeugter war Wiebke Eden, dass sie sein Gesicht schon mal irgendwo gesehen hatte. Nur wollte ihr nicht einfallen, wo genau.

Sie erreichte den Noorderloog, wo sich, von reichlich Grün eingerahmt, die Künstlerherberge erhob. Ein gemütliches Hotel, das neben einigen Appartements auch eine sonnige Außenterrasse bot. Einige Gäste befanden sich noch beim Frühstück. Geschirr und Besteck klapperte leise.

Wiebke Eden setzte sich an einen der freien Tische und fragte eine Angestellte, die gerade nebenan eine Schüssel Rührei mit Speck serviert hatte, nach einer Tasse Kaffee.

Die junge Frau lächelte, strich sich eine dunkle Haarsträhne aus der Stirn und bestätigte, dass sie der Bitte gerne und zudem noch prompt nachkommen würde. Wie sich zeigte, hielt sie ihr Versprechen und setzte eine kleine Kanne vor der Kommissarin ab. Sie drehte die bereitstehende Tasse um und schenkte ein.

Wiebke Eden fühlte sich von dem ausströmenden Duft wie beflügelt.

»Haben Sie noch einen Wunsch?«, fragte die Angestellte. Sie hatte ein freundliches Gesicht und eine hohe Stirn, auf der sich zahlreiche Sommersprossen tummelten.

Wiebke beugte sich leicht vornüber und drosselte ihre Lautstärke, als sie weitersprach. »Stammen Sie hier von der Insel?«

Die Angestellte strahlte. »Ich bin hier geboren.«

Die junge Kommissarin erwiderte das Lächeln. »Ich bin auf der Suche nach einem Mann.«

Die Angestellte presste sich ihr Tablett vor die Brust. Eine Falte entstand zwischen ihren hübschen Augen. »Ein Mann? Ich bin nicht sicher, ob ich Ihnen da weiterhelfen kann. Wissen Sie ... ich hab nämlich selbst noch nicht den Richtigen gefunden.«

»Nein, nein«, erwiderte Wiebke hastig. »Nicht so einen Mann. Ich meine einen, der heute Morgen Richtung Watt gegangen und bis jetzt noch nicht wiedergekommen ist. Ein vermisster Gast.«

»Oh Gott.« Die Angestellte lief hochrot an. »Entschuldigung. Sie sind aber nicht von der Polizei oder so?«

»Doch«, antwortete Wiebke. »Ich bin die neue Kollegin von Hauptkommissar Mattern. Mein Name ist Wiebke Eden.«

»Oh.« Das Lächeln bröckelte stückweise aus den Mundwinkeln der jungen Frau. Ihr Gesicht nahm einen anderen Ausdruck an. Irgendetwas, das versuchte, die Etikette zu wahren und dabei trotzdem noch eine Spur von Mitgefühl auszudrücken. In jedem Fall eine sonderbare Mischung.

»Wie heißen Sie?«, fragte Wiebke freundlich.

»Marieke.«

»Gut, Marieke. Freut mich, Sie kennenzulernen. Wie sieht es denn bei Ihnen aus? Gab es heute Morgen etwas Ungewöhnliches in der Künstlerherberge?«

Marieke ließ ihr Tablett ein Stück sinken. Sie überlegte, dann schüttelte sie kurz, aber entschieden den Kopf.

»Nein, tut mir leid. Ich wüsste nicht, dass etwas Ungewöhnliches vorgefallen wäre. Soweit ich weiß, waren heute die meisten Gäste beim Frühstück hier draußen. Bis auf einige, die in ihren Appartements geblieben sind.«

Wiebke horchte auf. Sie schnappte sich einen der Bierdeckel vom Tisch. »Darf ich mal Ihren Kugelschreiber ausleihen?«

Die Angestellte zupfte das Schreibgerät vom Rand ihres Kleids.

Wiebke Eden griff danach und notierte ihre Handynummer auf dem Pappdeckel. Sie reichte beides zusammen an die junge Frau zurück.

»Das ist meine Handynummer. Bitte rufen Sie mich an, falls sich noch etwas ergeben sollte, Sie etwas erfahren oder irgendwas Unvorhergesehenes passiert.«

Marieke sah auf den Bierdeckel in ihren Händen. Während sie die Nummer entzifferte, zog sie ihre Stirn in Falten. Dann blickte sie auf und lächelte ein wenig unsicher. »Wird gemacht, Frau … äh …«

»Sagen Sie einfach Wiebke«, antwortete die Kommissarin und blinzelte der Gleichaltrigen zu.

Mit einer schwungvollen Bewegung, die Lebenslust und Freude ausstrahlte, drehte sich Marieke um und machte sich wieder an ihre Arbeit.

Wiebke leerte ihren Kaffee und schenkte sich aus dem Kännchen vom Tisch eine zweite Tasse nach.

Inzwischen stach die Sonne bereits vom Himmel. Die Gäste beeilten sich, die Butter auf ihren Brötchen und Croissants zu verstreichen, bevor sie auf den Frühstücksgedecken zerfloss. Breite, in dezentem Rot gehaltene Schirme wurden aufgespannt.

Die Familie mit den zwei kleinen Kindern vom Nebentisch machte sich auf, die Terrasse zu verlassen und sich vermutlich für den anstrengenden Strandtag zu rüsten, der vor ihnen lag.

Wiebkes Blick haftete für einen Moment an ihnen, bevor er zu einem Paar hinüberstreifte, das an einem der Außentische saß. Jetzt, wo die junge Familie nicht mehr als Puffer fungierte, gelang es der Kommissarin, einige Gesprächsfetzen des Paars aufzuschnappen.

Die etwa vierzigjährige Frau mit dem strohblonden Haar und der grünbraunen, zerknitterten Bluse hatte ihre Ellenbogen auf die Tischplatte gestützt und massierte mit den Fingerspitzen ihre Schläfen.

»Das funktioniert so nicht«, sagte sie leise, während sie stur auf die Tischplatte und das nicht einmal angerührte Frühstück direkt vor ihr stierte.

Der Mann neben ihr, ein kräftiger Typ mit breiten Hüften und dunkler Hornbrille, schien sich ihre Worte für ein paar Sekunden durch den Kopf gehen zu lassen.

»Aber es ist die einzige Möglichkeit.« Er schob seinen Frühstücksteller, auf dem sich nur noch ein paar Krümel und ein winziges Sträußchen Petersilie befanden, zur Tischmitte. Er legte seine Unterarme gegen die Tischkante und fing an, heftig mit seinen fleischigen Händen zu gestikulieren. »Ihn loszuwerden war die Lösung, nach der wir die ganze Zeit gesucht haben. Und du wirst sehen, alles andere ist jetzt nur noch ein Kinderspiel.«

Die Frau schüttelte den Kopf, ohne etwas zu sagen. Sie ließ die Sonnenbrille, die in ihrem Haar steckte, mit einer routinierten Bewegung auf ihre Nase gleiten.

Der Mann neben ihr räusperte sich dezent. »Hilke?«

Sie ließ keine Reaktion erkennen.

Ihr Begleiter beugte seinen Oberkörper über den Tisch. »Hallo? Erde an Hilke! Ist jemand zu Hause?«

Ihr Gesicht verzog sich zu einer Grimasse, als wäre sie gerade von einem lästigen Insekt gestochen worden. »Was?«, fragte sie mit gereiztem Unterton.

Der Mann lachte leise. »Ich warte immer noch auf eine Reaktion von dir. Immerhin stecken wir beide in einem Boot, oder etwa nicht?«

»Ich finde es nicht richtig«, antwortete sie.

Der Mann neben ihr ließ die Luft geräuschvoll aus seinen Lungen entweichen und sackte gegen den Rücken seines Stuhls. Seine Hände platschten auf die Lehnen. »Und warum nicht, wenn man mal fragen darf?«

»Ich finde es einfach nicht richtig«, wiederholte sie. Sie unterstrich ihre Worte mit einem Schulterzucken. Anschließend sah sie sich suchend um. »Und jetzt brauch ich dringend 'ne Zigarette, sonst drehe ich noch durch.« Sie klopfte die Taschen ihrer Jeansjacke ab, die über dem Stuhl hing. Ohne Erfolg. Sie sah ihren Begleiter an. »Hast du nicht 'ne Fluppe für mich?«

Der Typ blinzelte sie an. »Äh … hallo, Hilke? Ich rauch seit fast drei Jahren nicht mehr?«

»Echt?« Sie wirkte für einen Augenblick ernsthaft irritiert. Dann stand sie ruckartig auf und erklärte ihm, dass sie gleich wieder zurück sei. Sie machte sich auf, die Terrasse zu verlassen, während der Mann mit der Hornbrille ein ärgerliches Gesicht machte und den Kopf schüttelte. Er blieb auf seinem Stuhl sitzen, mit umwölkter Stirn, und schien vor sich hin zu grübeln. Vielleicht überlegte er, wieder mit dem Rauchen anzufangen, dachte Wiebke.

Die Kommissarin stand auf und huschte ins Foyer, wo ihr Marieke gerade mit demselben Tablett, aber frischen Zutaten darauf entgegenkam.

»Schnell, Marieke«, flüsterte die Polizistin. »Gibt es hier irgendwo Zigaretten? Es wäre gerade ziemlich wichtig.«

Die Angestellte machte ein unglückliches Gesicht. »Der Automat an der Ecke ist schon lange weg, aber ... warten Sie mal ...« Sie setzte das Tablett auf einem Tisch im Innenraum ab, eilte durch den halben Raum und verschwand hinter einem Tresen. Nur wenige Sekunden später kehrte sie von dort mit einer fast frischen Packung Zigaretten und einem Feuerzeug zurück.

»Gehören einem Kollegen«, erklärte Marieke achselzuckend. »Er wird nichts dagegen haben, denke ich.«

»Sie sind ein Schatz«, antwortete Wiebke, riss der Angestellten das Rauchzubehör aus der Hand und eilte damit über die Terrasse nach draußen.

Sie blickte sich um. Von der jungen Frau vom Nebentisch war keine Spur mehr zu sehen, aber sie konnte noch nicht weit sein. Sie war in Richtung der Straße gegangen, und dort stand sie noch immer und kramte in einer Handtasche herum, in der es lebendig klimperte.

Wiebke verlangsamte ihr Tempo, trat vor das Haus und blieb davor stehen, um in die Sonne zu blinzeln. Dabei hielt sie die kleine Packung in ihrer Hand und klopfte eine Zigarette heraus, die sie sich mit dem Feuerzeug ansteckte. Sie selbst hatte nie geraucht und hatte auch nicht vor, damit anzufangen. Aber manchmal war es eben gut, wenn man ein gewisses Improvisationstalent besaß. Sie musste wissen, was es mit der Unterhaltung vorhin auf der Terrasse auf sich hatte. Und Wiebke hatte das Gefühl, dass diese Frau am ehesten geeignet war, ihr etwas mehr darüber zu verraten, in dem offenbar aufgewühlten Zustand, in dem sie sich augenblicklich befand.

Die Frau vom Nebentisch stand leicht vornübergebeugt da, ihre rechte Hand tief in ihrer Tasche verborgen, die ihr an einem ledernen Riemen um die Schulter hing. Die Suchende sah kurz auf, blickte Wiebke an und verharrte in ihrer

Bewegung. Die Mundwinkel tief unter ihrer braunrot getönten Sonnenbrille zuckten. Langsam, wie in Zeitlupe, zog sie die Hand aus ihrer Tasche und kam ein paar Schritte näher. Vor Wiebke blieb sie stehen. Strohblondes Haar umrahmte ihr Gesicht und wehte im leichten Wind.

»'Tschuldigung … Sie haben nicht zufällig eine Zigarette für mich übrig?«

Die Kommissarin blickte auf die angebrochene Packung, die sie gerade hatte wegstecken wollen, und lächelte.

»Doch, klar.«

Das Gesicht der anderen hellte sich einen Deut auf, wenngleich um ihre Mundwinkel ein verkniffener Ausdruck blieb. Mit spitzen Fingern, ungeduldig und leicht zitternd, klaubte sie sich eine Zigarette aus der Packung.

»Sie sind meine Rettung«, sagte die Fremde, nickte Wiebke zu und ließ sich von ihr Feuer geben.

Die Frau mit der Sonnenbrille tat einen tiefen Zug und blies den blaugrauen Rauch durch den schmalen Spalt zwischen ihren Lippen wieder aus. Dabei hatte sie ihren Kopf leicht in den Nacken gelegt und lehnte sich gegen die Außenmauer der Künstlerherberge.

»Das war nötig, hm?«, fragte Wiebke aufmunternd, während sie ihre Zigarette möglichst weit von sich weg hielt. Graue Asche kräuselte sich daran, löste sich in der nächsten Sekunde und wurde vom Wind davongetragen.

Die Strohblonde nickte. Sie schob mit einer beiläufigen Bewegung ihre Sonnenbrille ins Haar zurück.

»Schon Ärger gehabt heute Morgen?« Wiebke grinste die Frau an und nickte kurz über ihre Schulter hinweg in Richtung der Terrasse.

»Oh, Sie waren vorhin auch beim Frühstück?« Sie tat einen weiteren Zug, den sie zu genießen schien. Sie wirkte jetzt eine Spur entspannter als noch vor zwei Minuten. Sie brachte sogar ein halblautes Lachen zustande. »Das war nichts weiter. Mein … Kollege und ich sind manchmal nicht einer Meinung, das ist alles.« Sie stützte mit der freien linken Hand ihren rechten Ellenbogen und streckte die Hand mit der qualmenden

Zigarette senkrecht in die Luft. »Der kriegt sich schon wieder ein. So war es bisher immer.«

»Sind Sie beruflich auf Spiekeroog?«, fragte die Kommissarin.

»Mh-hm«, antwortete die Blonde. »Robert und ich schreiben hier zusammen an einem Buch. Jedenfalls bilden wir uns ein, das zu tun. Besonders viel zu Papier gebracht haben wir nämlich noch nicht. Aber das kommt schon noch. Ich muss ihn nur noch dazu bringen, das zu tun, was ich sage. Wie bei jedem guten Autorenduo.« Sie zwinkerte Wiebke von der Seite zu. »Ich heiße übrigens Hilke«, fuhr sie im Plauderton fort. »Hilke Fock. War bis vor Kurzem bei der Zeitung. Wirtschaft und Feuilleton.«

»Das klingt total spannend«, antwortete die Kommissarin. »Warum bis vor Kurzem? Haben Sie den Laden hingeschmissen oder wie?«

Hilke Fock lachte leise in sich hinein, während sie auf den Raum zwischen ihren verwaschenen Turnschuhen blickte. »Ich wünschte, es wär so gewesen. Ich war dafür leider nicht schnell genug. Mein Boss hat mich gefeuert.«

»Oh, das tut mir leid«, erklärte Wiebke.

Die andere winkte ab. »Schon gut. Hätte es sowieso nicht mehr länger in dem Saftladen ausgehalten.« Sie schwenkte ihren Blick. »Und Sie? Was treibt Sie her? Urlaub, Liebe oder der Beruf?«

Wiebke Eden wollte zu einer Antwort ansetzen, aber Hilke war schneller.

»Halt! Sagen Sie nichts. Wie eine Urlauberin sehen Sie mir nicht aus. Tagestouristin auch nicht. Liebe … ja, weiß nicht, kann sein. Ich tippe bei Ihnen auch auf den Beruf. Habe ich recht?«

»Volltreffer«, gab Wiebke zu.

Hilke Fock machte kurz spielerisch eine Tennisfaust. »Aber welche Branche? Mal überlegen. Sie sehen aus, als könnten Sie schon mal ordentlich hinlangen, wenn Sie müssten. Wie wär's mit Tiermedizin?« Sie deutete mit ihrer glühenden Zigarette in Wiebkes Richtung. »Japp, genau. Sie sind die neue Tierärztin von Norderney und sind wegen der Galloway-Herde hier. Na, was sagen Sie jetzt?«

Wiebke stieß ein prustendes Lachen aus. »Dass Sie dieses Mal leider komplett falschliegen. Mit Bullen habe ich zwar manchmal zu tun, aber eher mit zweibeinigen. Ich bin Wiebke Eden, bin die neue Kommissarin hier auf Spiekeroog und habe morgen offiziell meinen ersten Tag auf der Insel.«

Für die Dauer einiger Sekunden entstand eine Pause. Die Kommissarin registrierte, dass Hilke Fock ihrem Blick auswich. Vermutlich war sie sogar versucht, sich die überdimensional groß wirkende Sonnenbrille wieder auf die Nase zu ziehen, doch die Blondine bewegte sich nicht. Verglühte Asche tropfte von ihrer Zigarette zu Boden, ohne dass sie es registrierte.

Als sie wieder sprach, war es, als erwachte sie aus einem kurzen Halbschlaf. »Ah, Sie sind eine Polizistin? Und die Zigarette?«

Wiebke machte ein unschuldiges Gesicht. »Was soll damit sein?«

Hilke winkte ab. »Nicht wichtig. Vergessen Sie's.«

»Ich wollte Sie nicht aushorchen oder so«, erklärte die Kommissarin. »Aber um ehrlich zu sein, bin ich auf der Suche nach jemandem.«

Ein kurzes Flackern in Hilkes Blick. »Ah ja? Und nach wem, wenn ich fragen darf?«

»Genau genommen hat man ihn bereits gefunden. Einen Toten. Nur leider wissen wir gar nichts von ihm. Nicht mal seinen Namen.«

»Einen Toten? Hier auf der Insel?«

»Draußen bei den Muschelbänken.«

Die ehemalige Journalistin drehte den Kopf. »Ertrunken?«

»So ähnlich«, gab Wiebke zurück. Sie gab der jungen Frau eine Beschreibung des Mannes und hatte währenddessen das Gefühl, einen Treffer gelandet zu haben. Hilke Fock konnte nämlich nicht verhindern, dass ihre Augen sich für einen kurzen Moment um einen Deut weiteten. »Sie haben den Mann nicht zufällig irgendwo schon mal gesehen oder wissen, wer er ist?«

Hilke Fock bückte sich und drückte ihre Zigarette auf einer Gehwegplatte aus. Sie sah sich flüchtig nach einem Abfallbehälter um, fand keinen und entschied sich, den Stummel in ihrer linken Hand aufzubewahren.

»Nein, tut mir leid. Jemanden, wie Sie ihn beschreiben, kenne ich nicht. Ich bin zudem mit Robert hier. Er wartet sicher schon darauf, dass wir endlich weitermachen. Er kann in der Hinsicht ziemlich pedantisch sein. Also, Frau Eden … hat mich gefreut, aber ich muss dann mal zurück.«

Sie wandte sich ab, drehte sich an der Hausecke jedoch noch einmal kurz um. »Und danke für die … Sie wissen schon.« Sie hielt die linke Faust mit der erloschenen Zigarette hoch und war im nächsten Augenblick verschwunden.

Interessant, dachte Wiebke, lächelte und beeilte sich, ihre ungerauchte Zigarette auszudrücken.

Etwas sagte ihr, dass Hilke Fock genau gewusst hatte, von wem die Rede gewesen war. Und dennoch hatte sie es vorgezogen, zu lügen.

Kapitel 9

Die junge Kommissarin, deren Dienstantritt noch immer weit über zwanzig Stunden entfernt war, hatte der Künstlerherberge inzwischen den Rücken gekehrt. Über den Noorderpad erreichte sie das *Haus des Gastes*, von den Einheimischen auch *Kogge* genannt, nach dem mittelalterlichen Frachtschiff, das vor vielen Jahren auch Einzug in das Wappen von Spiekeroog gehalten hatte.

In dem Haus gab es einen gemütlich eingerichteten Leseraum, die Wände versehen mit einer auffälligen alten Karte der Ostfriesischen Inseln, daneben silberne Teller und Wandbilder. In eine der Wände war ein Schrank mit gläsernen Türen eingelassen, der gut und gerne mehrere Hundert Bücher nahezu sämtlicher Genres beinhaltete. Davor befanden sich mehrere Tische und Stühle. Zeitungen, regional und überregional, waren ausgelegt, an anderer Stelle gab es eine Auswahl an Zeitschriften und Magazinen.

Wiebke Eden ließ ihren Blick wandern, bis sie gefunden hatte, wonach sie suchte.

An einem zurückgezogenen Tisch in der Ecke befanden sich ein kostenfreier Internetanschluss und ein eingeschalteter Laptop. In dem Leseraum hielt sich niemand auf. Von irgendwo nebenan aus der Eingangshalle waren die Schritte einer Frau zu hören. Kurz darauf erhob sich ein dünnes Stimmengemurmel. Jemand kicherte verhalten.

Wiebke zog sich den Stuhl zurecht und setzte sich an den Tisch. Sie wischte über den Laptop, und der viereckige Bildschirm erwachte zum Leben.

Das Hintergrundbild zeigte eine Luftbildaufnahme von Spiekeroog. Die Kommissarin erkannte darauf die Muschelbänke, die sich als dunkle Schatten unter der Wasseroberfläche abzeichneten.

Wiebke machte sich kurz mit dem Gerät vertraut, öffnete die Suchmaschine und tippte mit flüssigen Anschlägen ein: *Hilke Fock Journalistin.*

Es dauerte zwei, drei Sekunden, bis sich ein neues Fenster aufbaute.

Und da war sie. Die Frau, der Wiebke vor einer guten halben Stunde erst begegnet war. Ein kleines Foto aus irgendeiner Regionalzeitung, aufgenommen anlässlich einer Veranstaltung zum Wohl des Klimaschutzes. Es zeigte sie Arm in Arm mit einer jungen Umweltaktivistin, die eine Hand in Richtung Kamera ausgestreckt hatte und dabei mit Zeige- und Mittelfinger das Victory-Zeichen formte. Dazu gab es auch einen kleineren Artikel, der jedoch nicht viel an Informationen hergab.

Wiebke suchte weiter in den vorgeschlagenen Internettreffern, bis sie auf etwas stieß, das ihre Aufmerksamkeit deutlich mehr erregte. Die Schlagzeile lautete: *Betrug am Wohnungsmarkt*. Und darunter, nur halb so fett gedruckt, aber noch immer mehr als doppelt so groß wie die Schrift des Artikels: *Erneut schwere Vorwürfe gegen die Vorstandsriege der Wohnoptima AG*.

Der Artikel handelte von Wohnungsbetrügereien im norddeutschen Raum, insbesondere in den Küstenstädten an Nord- und Ostsee. Es ging darum, dass die Wohnungsbaugesellschaft günstig Grundstücke mit oftmals zahlreichen Wohneinheiten aufkaufte, um die darin lebenden Mieter durch Mietpreiserhöhungen herauszugraulen. Vorgeschoben wurden jeweils teure Sanierungsprojekte, die in der angekündigten Form jedoch nie stattfanden. Letztlich ging es der Gesellschaft lediglich darum, deutlich solventere Mieter an Land zu ziehen oder aber die Objekte mittel- bis langfristig für touristische Zwecke zu nutzen, weil damit mehr Geld zu machen war. Der Artikel beschäftigte sich unter anderem mit der Aussage eines Zeugen, dem ein Verbindungsmann der Gesellschaft offenbar Geld angeboten hatte, damit der Mann zum Beispiel durch massive Lärmbelästigung und Verunreinigung des Hausflurs gegen seine Nachbarn vorging. Der Artikel war reißerisch aufgemacht, heischte nach der Aufmerksamkeit der Leser, enthielt dabei aber doch vermutlich einen wahren Kern, der als solcher auch für Außenstehende wie Wiebke Eden noch deutlich erkennbar war.

Verfasst worden war der Artikel von einem Mitarbeiter, der das Kürzel *hfo* verwendete. Die Wahrscheinlichkeit, dass sich dahinter der Name *Hilke Fock* verbarg, hielt die Kommissarin für sehr hoch. Sie forschte weiter in den Onlinearchiven der Zeitungen, suchte nach allem, was das Netz in dieser Richtung hergab. Und das war durchaus einiges. Offenbar waren noch mehr Journalisten, Umweltschützer und Vertreter von kleineren privaten Naturschutzgruppierungen auf den rollenden Zug aufgesprungen. Die Wohnoptima AG war in die Schlagzeilen geraten. Es kam zu Sammelklagen und letztlich zu einem Musterprozess gegen die Gesellschaft, die von einem Mann namens Herwig Camphuusen und seinen Anwälten vertreten wurde. Wiebke stieß auf ein kleines Porträtfoto des Mannes. Noch bevor sie es auf dem Bildschirm des Laptops vergrößerte, wusste sie, dass sie ihn gefunden hatte. Aufgeregt tätigte sie einen Doppelklick. Ein kleiner blauer Kreis drehte sich für die Dauer einiger Sekunden in der Bildmitte, dann öffnete sich das besagte Foto in einer deutlich größeren Ausgabe.

Wiebke Eden blickte in das Gesicht des Toten vom Strand.

Unverkennbar. Es gab nicht den geringsten Zweifel. Darüber konnten auch das Lächeln, das er während der Aufnahme zur Schau gestellt hatte, und sein sorgsam gebürstetes Haar sowie die seidene Fliege, die er zum blütenweißen Hemd trug, nicht hinwegtäuschen. Es waren dieselben Augen, die ihr entgegenblickten und die Wiebke am Strand schon einmal gesehen hatte. Gebrochen, mit ziellosem Blick in den Himmel starrend.

Fieberhaft hielt die Kommissarin Ausschau, fand rechts hinter dem Laptop einen Stiftehalter mit zwei Kugelschreibern und einen kleinen Block mit abreißbaren Notizzetteln. Sie löste das erste Blatt und kritzelte Camphuusens Namen darauf.

An der Tür zum Lesezimmer tauchte ein etwa dreijähriger Junge auf, der seinen Kopf neugierig zur Tür reinsteckte. Er trug ein sauberes blaues Hemd, dazu kurze Hosen, hatte krauses, schwarzes Haar und machte seine Augen so groß, wie er nur konnte, als er Wiebke am Tisch sitzend sah. Er winkte ihr zu und grinste sie an. Die Kommissarin sah kurz von ihrer Tätigkeit auf und lächelte zurück.

Hinter dem Kleinen wurden Schritte laut. Eine schlanke Hand fasste ihn bei der Schulter und zog ihn sanft zurück. Eine Frau blickte in den Leseraum, lächelte Wiebke verwirrt und entschuldigend zu und war im nächsten Augenblick wieder verschwunden.

Wiebke grinste und vertiefte sich sofort wieder in ihre Arbeit. Sie suchte nach Informationen über Herwig Camphuusen und brachte dabei einiges zutage. Vieles davon war uninteressant. Camphuusen stammte aus dem Hamburger Umfeld, war in eine Unternehmerfamilie hineingeboren worden und hatte offenbar nie wirklich für sein Geld arbeiten müssen. Eine Zeit lang hatte ihm eine Spedition gehört, die nur wenige Jahre nach seiner Übernahme in den Konkurs gegangen war. Sämtliche Mitarbeiter waren damals entlassen worden und standen von einem Tag auf den anderen vor dem Nichts. Camphuusen hingegen war offenbar unbeschadet aus der Sache herausgekommen und hatte sich zu dem Zeitpunkt bereits wieder mit einer neuen Geschäftsidee herumgetragen. Er war über eine Maklerfirma in den Wohnungsbau eingestiegen und war dort innerhalb einer bemerkenswert kurzen Zeitspanne die Karriereleiter hochgefallen. Vermutlich weil dort Typen wie er nicht nur gebraucht, sondern auch gepusht wurden. Weil man ihnen den Hintern puderte, wo es nur ging, weil die wirklich Verantwortlichen hinter dieser ganzen Maschinerie aus Betrug und Korruption genau wussten, dass Camphuusen kein Gewissen besaß und daher rücksichtslos genug war, ihre Interessen bis zum Äußersten zu vertreten.

Camphuusen war zum Gesicht der Firma geworden, zu ihrem Aushängeschild. An seiner Seite ein Mann namens Dr. Joost van Felten, der der Rechtsabteilung des Konzerns vorstand. Ein Mann, der vermutlich aus demselben Holz wie Camphuusen geschnitzt war, der es jedoch verstand, sich aus der Öffentlichkeit weitestgehend herauszuhalten.

Camphuusen hatte da offenbar anders getickt. Wie es schien, hatte er jede Möglichkeit genutzt, sein Gesicht in eine Kamera zu halten. Und das hatte er stets mit jenem süffisanten Grinsen getan, das ihm nun das Wasser draußen bei den Muschelbänken von seinem fetten Gesicht gewaschen hatte.

Der Mann war für das Schicksal, den persönlichen Niedergang und vielleicht sogar für den Tod von Menschen verantwortlich. Durch das, was er war, und das, was er im Auftrag seiner Firma getan hatte.

Je mehr die Kommissarin über ihn las, desto deutlicher wurde das Bild, das er bis vor Kurzem abgegeben haben musste.

Vor zwei Wochen hatte es einen Prozess gegeben, der für einiges Aufsehen gesorgt hatte. Wiebke Eden hatte davon wenig bis gar nichts mitbekommen, da sie sich zu dieser Zeit mit ihrem eigenen Problem herumgeschlagen hatte, das auf den Namen Heller hörte. Noch immer hörte.

Eine ganze Anzahl von Mietern in der Nähe von Rostock hatte wegen unlauterer Methoden gegen Camphuusens Firma geklagt – und letztlich doch verloren. Camphuusen selbst war als der große Sieger aufgetreten. Es fand sich ein Artikel, der kurz darauf erschien, nachdem er angekündigt hatte, sich für ein paar Tage zurückzuziehen. Auf die Frage des Journalisten hatte er ausweichend geantwortet, dass er schon immer ein Faible für die Ostfriesischen Inseln gehabt habe.

Er hatte also seinen Aufenthaltsort preisgegeben, dachte Wiebke. Nun ja, mehr oder weniger jedenfalls. Aber jeder, der Camphuusen etwas näher kannte, hätte möglicherweise auf den Gedanken kommen können, ihn hier auf Spiekeroog zu suchen. Und eines stand fest: Irgendjemand hatte den Mann spätestens heute in den frühen Morgenstunden gefunden.

Kapitel 10

Der Anruf kam, während Hinrich Mattern noch das Eintreffen der Leute von der Spurensicherung beaufsichtigte und mit den Kollegen die notwendige Übergabe vollzog. Was nichts anderes bedeutete, als dass er den beiden Frauen und den fünf Männern mit ein paar knappen Worten die Leiche in der Abdeckplane übergab.

Während er am Strand in seine Schuhe schlüpfte, klingelte sein Handy. Laut der Anzeige auf dem Display handelte es sich um einen umgeleiteten Anruf auf seinem Dienstapparat.

»Ja, Hauptkommissar Mattern hier.«

Ein kurzes Rascheln in der Leitung. Jemand atmete aufgeregt.

»Ja? Hallo? Ist da die Polizei?«

»Was genau haben Sie denn an der Bezeichnung *Hauptkommissar* nicht verstanden?«

»Tut mir leid«, antwortete die weibliche Stimme. Sie klang noch recht jung. »Ich bin etwas aufgeregt. Die Sache ist die … ich möchte gerne eine Vermisstenmeldung abgeben.«

Mattern hob seinen rechten Schuh auf, schüttelte unter Marlowes Aufsicht den Sand heraus und schlüpfte halb hinkend hinein. »Na, dann schießen Sie mal los. Vielleicht fangen Sie mal mit Ihrem Namen an.«

»Oh, Entschuldigung«, kam es zurück. »Hier spricht Celine Arnold. Ich bin die Sekretärin von Herrn Herwig Camphuusen.«

»Großartig«, antwortete der Kommissar. »Und ist das der Herr, der verschwunden ist?«

»Ja. Seit heute Morgen, um genau zu sein. Wir waren um halb neun verabredet. Aber Herr Camphuusen ist nicht zum Frühstück erschienen, und auf seinem Zimmer ist er auch nicht. Gesehen hat ihn auch niemand.«

In Matterns Kopf begannen einige Alarmglocken zu schellen. »Beschreiben Sie mir Ihren Vorgesetzten doch mal. Am besten kurz und bündig.«

»Herr Camphuusen ist dreiundsechzig Jahre, etwa eins fünfundsiebzig groß und hat sehr schütteres Haar.«

»Übergewichtig?«

»Nun ... ja.«

»Von wo aus rufen Sie an, Frau ...?«

»Arnold. Ich rufe aus dem Hotel Spiekeroog an. Das ist im ...«

»Ich weiß, wo das ist«, unterbrach Mattern. »Bleiben Sie, wo Sie sind. Ich bin in ein paar Minuten da.« Der Kommissar trennte die Verbindung und ließ sein Handy, das noch einer älteren Generation angehörte, in seiner Westentasche verschwinden.

Camphuusen also. Bei dem Namen läutete etwas in Matterns Innerem. Etwas, das zu tun hatte mit Spekulationsgeschäften oder etwas anderem. Da war auch vor ein paar Tagen ein Artikel gewesen, den er beim Frühstück überflogen hatte. Nun, das würde er bald herausgefunden haben. Er machte sich vom Strand aus auf den Weg.

Er passierte das Südergroen, eine Salzwiesenlandschaft, die ähnlich wie das benachbarte Ostergroen das Jahr über Heimat für zahlreiche Brutvögel, darunter die Küstenschwalbe, bot.

In einiger Entfernung graste eine Herde Islandpferde, die sich durch nichts und niemanden stören ließ.

Auf dem Weg Richtung Zentrum blieb der Retriever Marlowe plötzlich unvermittelt stehen und jaulte aufgeregt. Er tapste unbeholfen von einer Pfote auf die andere.

»Nicht jetzt, Jungchen«, maulte Mattern und wollte schon zum Weitergehen drängen, als er abseits des Wegs etwas erkannte, das nicht unbedingt hierher gehörte.

Der Kommissar näherte sich mit vorsichtigen Schritten und kraulte Marlowe, der sich platt auf den Boden gesetzt hatte, den Kopf. »In Ordnung, mein Junge, ich hab's ja kapiert. Und jetzt schleich dich, ja?«

Marlowe gab einen kurzen, klagenden Laut von sich, sprang auf und drehte sich einmal um sich selbst.

Mattern verließ den gepflasterten Weg und trat ein paar Schritte auf die angrenzenden Wiesen zu. In einer Senke hatte sich Wasser gesammelt. Und darin trieb ein undefinierbares Bündel.

Mit einem leisen Ächzen ließ sich Mattern auf die Knie, krempelte seinen rechten Ärmel auf und fischte danach. Schon kurz darauf bekam er es zu fassen.

Kleidungsstücke. Triefend nass. Ein Hemd, zu einem einzigen Klumpen verknotet, eine kurze Männerhose und eine einzelne dunkle Socke. Mattern war überzeugt davon, dass die andere nicht weit sein konnte. Und wenn er nur ein wenig tiefer im Schlick grub, würde er vermutlich auch noch ein paar Schuhe finden.

Der Kommissar trug die Sachen zum Pflasterweg und breitete sie dort auf den Steinen aus. Sie waren sauber. Es befanden sich keinerlei Spuren oder sonstige Auffälligkeiten daran. Es handelte sich allerdings eindeutig um Herrenkleidung. Eine solche, wie sie Camphuusen vielleicht bevorzugt haben würde.

Mattern überlegte einen Augenblick, ob er nochmal zurückgehen sollte, um den Leuten von der Spurensicherung den Tipp zu geben. Er entschied sich dagegen. Er würde es nachholen, würde die Leute später per Telefon benachrichtigen. Es war längst nicht gesagt, dass er Camphuusens Kleidung gefunden hatte. Auch wenn sich der Verdacht aufdrängte.

Mattern schnürte die nassen Sachen zu einem Bündel zusammen und nahm sie mit. Möglich, dass sie die junge Anruferin identifizieren konnte.

Nur wenige Minuten später traf Mattern am Hotel ein. Das Foyer war angenehm kühl gehalten. Ein Ort, an dem er sich gerne länger aufgehalten hätte. Er sah sich suchend um. Ein junger Angestellter, auf dem Weg zur Rezeption, kam auf ihn zu.

»Kann ich Ihnen behilflich sein?«

»Zwei Sachen«, antwortete Mattern und hob seine rechte Hand, um die folgenden Punkte an seinen Fingern abzuzählen. »Erstens brauche ich jemanden, der für die nächste halbe Stunde nach Marlowe sieht. Zweitens suche ich eine gewisse Frau Celine Arnolds. Ich gehe davon aus, dass sie als Gast hier gemeldet ist. Mein Name ist Mattern. Hauptkommissar Mattern.«

Der junge Mann in der schnieken weinroten Fantasieuniform machte ein Gesicht, das signalisierte, dass der Groschen bei ihm gefallen war. »Ach, Sie sind das. Ich hab schon einiges von Ihnen gehört.«

»Ach ja?«, fragte Mattern mit einem scheinheiligen Lächeln. Gleich darauf wurde sein Gesicht wieder ernst. Er kam dem jungen Mann näher, als dem lieb war. »Wenn ich Sie wäre, würde ich nicht mal die Hälfte davon glauben. Und jetzt hätte ich gerne eine große Schale Wasser.«

Der Angestellte blinzelte. »Eine Sch... Schale?«

Mattern deutete auf die breite Eingangstür, vor der Marlowe hockte und mit sehnsüchtigem Blick zu ihnen hersah.

»Ach, das ist Marlowe, ich verstehe.« Der junge Mann nickte und wollte sich bereits auf den Weg machen. Mattern hielt ihn blitzschnell am Arm fest.

»Vorher sagen Sie mir noch was zu Punkt zwei. Wo finde ich Frau Celine Arnolds und ihre beiden Begleiter?«

Das Gesicht des Angestellten nahm beinahe die Farbe seines Jacketts an. »Frau Arnolds sagte mir vorhin, dass jemand herkäme, der sie zu sprechen wünscht. Ich habe sie und die beiden Herren daraufhin in das kleine Konferenzzimmer gebeten. Das finden Sie, wenn Sie sich hier vorn gleich rechts halten, und dann nochmal die zweite Tür rechts. Können Sie gar nicht verfehlen.«

»Wahrscheinlich, weil sich neben der Tür ein kleines Schild befindet, an dem *Konferenzzimmer* steht, richtig?«

Auf den Wangen des Mannes brannten feuerrote Flecken. »Das ist ... richtig, ja.«

»Gut, dann mal weggetreten«, antwortete Mattern und tauchte nach rechts weg. Er trat durch einen Durchgang und folgte einem breiten, hellen Korridor bis zu einer Tür, die nur angelehnt war.

Durch den Spalt erkannte Mattern Teile eines getäfelten Raums, durch dessen halb geöffneten Lamellenvorhang etwa zwei Dutzend ebenmäßige Lichtkeile fielen und über die graue Auslegeware fluteten. Die Frau lehnte an der Fensterbank, die Arme vor der Brust verschränkt. Sie kratzte sich unentwegt an ihren Ellenbogen, die unter den Ärmeln einer dunkelgrünen Bluse verborgen waren.

»Wir hätten dem Ganzen viel mehr Bedeutung beimessen müssen«, sagte sie in diesem Augenblick.

»Ach, das ist doch Blödsinn«, antwortete die Stimme eines Mannes, der sich irgendwo an der Kopfseite des Tisches aufhalten musste, der den Raum dominierte. »Es hat immerhin auch früher schon Anfeindungen gegeben. Du wirst sehen, es wird sich alles aufklären. Vielleicht hat er …«

Die Stimme brach ab. Der Kopf der jungen Frau ruckte halb herum. »Was hat er?«

Mattern stieß die Tür auf und blieb auf der Teppichschwelle stehen. »Ja, das würde mich auch brennend interessieren.«

Die Tür schlug sanft gegen die Wand und erzeugte einen dumpfen, hohlen Laut.

Die drei Personen im Raum blickten auf.

Die Frau wirkte erschrocken. Wie ein Reh, das in einem Gatter feststeckte und dessen Augen immer größer und runder wurden, je weiter man sich ihm näherte.

An der Täfelung der rechten Wand lehnte ein junger Mann in sportlicher Kleidung. Seine Haut war braungebrannt. Über seine Handrücken und die Unterarme verlief ein dichtes Geflecht dunklen Haars. Er hatte wache, lebhafte Augen und machte auch sonst den Eindruck, als ob ihm wenig entginge. Sein Lächeln hingegen wirkte wie aufgeklebt und gehörte vermutlich zu seiner Grundausstattung, wenn es darum ging, irgendwo einen ersten Eindruck zu hinterlassen.

Die einzige Person, die einen der Stühle für sich in Anspruch genommen hatte, war ein Mann um die fünfundsechzig. Sein kantiger Schädel war von einer wächsernen Haut überzogen, unter der zahlreiche bläuliche Äderchen schimmerten. Sein restliches Haupthaar hatte eine silbrige Färbung und war so fein wie Spinnweben. Die Lippen schmal und dünn, ohne sichtbare Konturen, blutleer. Die stahlgrauen Augen waren weit in die Höhlen zurückgetreten und wirkten wässrig und verschwommen.

61

Die Hände des Mannes lagen schlaff und weiß auf der Tischplatte, artig nebeneinander, mit sorgsam manikürten Fingernägeln.

Einer im Raum roch nach teurem Parfüm, und Mattern wettete für sich, dass es der Alte war.

Der Kommissar trat zwei Schritte näher, hangelte beiläufig nach der Tür und ließ sie hinter sich ins Schloss fallen.

Unter seinem linken Arm trug er das noch immer tropfende Bündel, das ihm einen dunklen Fleck auf seiner Weste beschert hatte.

Mattern trat auf den Tisch zu und ließ die Kleidung mit einem platschenden Laut fallen. Dabei behielt er die Reaktionen der Personen im Auge.

Die junge Frau, bei der es sich um Celine Arnold handeln musste, verengte ihre Augen zu Schlitzen. Ihr Gesicht nahm einen beunruhigten Ausdruck an. Langsam und zögernd, als erwarte sie dort beim Tisch mehr als nur eine schlechte Nachricht, löste sie sich von der Fensterbank und trat von ihrer Seite an den Tisch heran. Ihr Blick haftete dabei die ganze Zeit auf der Kleidung, die wie hingegossen auf dem Tisch lag.

»Was ist das?«, fragte sie leise.

»Wonach sieht es denn für Sie aus?«, fragte Mattern zurück. Er ließ seinen Blick wandern.

Auch der junge Mann löste sich nun von seiner Position. Er umrundete den Tisch halb und blieb schließlich hinter dem Stuhl des Alten, der für Mattern eine gewisse Ähnlichkeit mit Nosferatu hatte, stehen.

»Das … das sind doch seine Sachen«, presste Celine Arnold hervor. Dabei irrte ihr Blick hilfesuchend zwischen den beiden anderen hin und her.

»Du weißt ziemlich gut, dass es so ist«, sagte der junge Mann. Seine Stimme klang leicht belegt.

Die Frau strich sich in einer fahrigen Bewegung über ihre rechte Augenbraue, bevor sie wieder den Blick des Kommissars suchte.

»Sie sind Herr Mattern, nehme ich an? Dann haben wir vorhin miteinander telefoniert. Mein Name ist Celine Arnold. Ich bin die ... die Chefsekretärin von Herrn Camphuusen.«

»Angenehm«, antwortete Mattern trocken. »Würden Sie mir bitte die beiden Herren vorstellen?«

»Natürlich.« Sie nickte, hob ihre rechte Hand und deutete auf den jungen Sonnyboy. »Das ist Tjark Rütters, ein enger Mitarbeiter von Herrn Camphuusen, und dies hier ...«, ihre Hand schwenkte ein paar Zentimeter tiefer, »ist Doktor Joost van Felten, Anwalt und persönlicher Freund von Herrn Camphuusen. Würden ... würden Sie uns nun wohl bitte erklären, was eigentlich los ist?« Sie deutete auf die nassen Sachen auf dem Tisch.

Mattern zog am Reißverschluss seiner Weste und zog sie aus. Auch das Hemd, das er darunter trug, war etwas durchgefeuchtet, würde aber bald schon wieder trocknen. Er hängte sein Kleidungsstück über eine Stuhllehne und sah die drei Personen ernst an.

»Ich muss Ihnen dreien leider mitteilen, dass wir aller Wahrscheinlichkeit nach die Leiche von Herrn Camphuusen heute Morgen draußen bei den Muschelbänken gefunden haben.«

»Oh Gott«, hauchte Celine Arnolds. Sie hob ihre zur Faust geballte Rechte zum Mund und presste sie kurz an ihre roten Lippen.

Rütters entgegnete nichts. Er blickte stumm auf die Kleidung, um dann wieder den Kommissar anzusehen.

»Würden Sie mir bitte verraten, was genau Sie meinen, wenn Sie von einer Wahrscheinlichkeit sprechen?« Die Stimme des Anwalts war kaum mehr als ein Wispern. Und doch besaß sie eine so durchdringende Kraft, dass sich vermutlich kaum ein Zuhörer ihrer Wirkung entziehen konnte.

»Die Sache ist die«, erklärte Mattern, »dass wir eine nackte männliche Leiche gefunden haben, auf die die Beschreibung Herrn Camphuusens passt. Des Weiteren fand ich nicht weit entfernt vom Tatort diese Kleidung hier, von der Sie mir eben bestätigt haben, dass es sich um die Ihres Vorgesetzten handelt.

Ich muss also annehmen, dass er sie unterwegs abgelegt hat. Und das Ganze, wie ich ferner annehmen muss, nicht freiwillig.«

»Mein Gott«, flüsterte Celine Arnold erneut. »Soll das etwa heißen, dass ...« Sie verstummte abrupt.

Zunächst schien Mattern kein plausibler Grund für diese Reaktion vorzuliegen, dann jedoch fiel sein Blick auf van Felten, der seine rechte, wächserne Hand erhoben hatte. Die Bewegung hatte ausgereicht, um für Ruhe im Raum zu sorgen.

Mattern konnte sich diesen Mann lebhaft vor Gericht vorstellen. Wie sie alle an seinen Lippen hingen, wenn er sprach. An den dünnen weißen Lippen, zwischen denen hin und wieder zwei feuchte hervorstehende Schneidezähne aufblitzten.

»Sie sprechen von einem Tatort«, sagte der Anwalt, »Sie sprechen weiter von einer möglichen Gewaltanwendung. Ich fordere Sie auf, uns unverzüglich mitzuteilen, was genau geschehen ist.«

Während van Felten sprach, verzog er keine Miene. Nicht der leiseste Ausdruck einer irgendwie gearteten menschlichen Regung huschte über sein Gesicht. Es war, als läge sein wahres Ich unter einer Maske verborgen.

Der Kommissar ließ sich mit einem tiefen Seufzer auf der Ecke eines auf Hochglanz polierten Tischs nieder.

»Was genau geschehen ist, weiß ich zum jetzigen Zeitpunkt leider noch nicht. Herr Camphuusens Leiche lag auf den Austernbänken, so gut wie ausgeblutet. Ich gehe davon aus, dass er sich die Wunden nicht selbst beigebracht haben kann. Daher ist von einem Gewaltverbrechen auszugehen, das aller Wahrscheinlichkeit nach heute in den frühen Morgenstunden bei ablaufender Flut, beziehungsweise bei Niedrigwasser, begangen wurde.«

Van Felten hatte seine Augen leicht verengt. Er nahm die Worte des Kommissars auch dieses Mal ohne eine weitere erkennbare Reaktion entgegen.

»Ich muss wenigstens einen von Ihnen bitten, nachher mit mir zu kommen, um die Leiche zu identifizieren«, erklärte Mattern. »Zuvor habe ich allerdings noch ein paar Fragen an

Sie.« Er ließ seinen Blick wandern und erhielt von keiner Stelle einen Protest.

»Zunächst einmal das Übliche: Hat einer von Ihnen Ihren Freund und Vorgesetzten heute Morgen noch gesehen, bevor er das Haus verließ?«

Ratlosigkeit unter den beiden jungen Leuten. Van Felten starrte geradeaus auf die blanke Tischplatte, auf der sich Licht und Schatten gleichmäßig abwechselten. Die Schatten waren unruhig, weil der Wind, der durch das geöffnete Fenster drang, sanft mit dem Lamellenvorhang spielte. Die Gedanken des Anwalts schienen irgendwo anders zu sein, keinesfalls jedoch in diesem Zimmer.

»Nein«, antwortete die Sekretärin. »Ich habe Herrn Camphuusen seit gestern Abend nicht mehr gesehen.«

»Wann genau?«, hakte Mattern nach.

Sie hob leicht die Schultern. »Ich weiß nicht mehr genau. Wir … wir waren noch zusammen essen. Herr Camphuusen, Herr Rütters und ich. Ich denke, dass wir gegen zehn Uhr abends wieder im Hotel gewesen sind.«

»Könnte hinkommen«, bestätigte Rütters. »Der Chef und ich waren dann noch auf einen Absacker an der Bar. Ich glaube, es war kurz nach Mitternacht, als ich nach oben auf mein Zimmer ging.«

»Herr Camphuusen ist noch an der Bar geblieben?«, fragte Mattern.

Rütters zuckte die Achseln. »Soweit ich weiß, ja.«

»Wirkte er so, als warte er noch auf jemanden? Hatte er vielleicht noch eine Verabredung?«

»Tut mir leid, das kann ich Ihnen beim besten Willen nicht sagen. Erwähnt hat er jedenfalls nichts davon.«

Mattern wandte seinen Blick. »Und wie ist es mit Ihnen, Herr van Felten?«

»Ich bin gestern Abend früh schlafen gegangen. So wie jeden Abend im Übrigen. Ich sah Herrn Camphuusen folglich das letzte Mal gegen neunzehn Uhr, als wir unsere Besprechung beendeten.«

»Eine geschäftliche Besprechung?«, fragte Mattern. »Darf ich erfahren, worum es dabei ging?«

»Nein, dürfen Sie nicht«, antwortete van Felten schnarrend. Es klang, als hätte jemand ein Stück Sandpapier zwischen die Speichen eines fahrenden Rads gesteckt. »Aus dem ganz einfachen Grund, weil der Inhalt dieses Gesprächs nichts zur Sache tut.«

»Wie schön, dass Sie das für uns alle mitentscheiden«, antwortete Mattern mit einem grimmigen Lächeln. »Das erspart mir eine Menge Arbeit.«

»Ich würde es begrüßen, wenn Sie sich allein auf Ihre Arbeit konzentrierten, Herr Hauptkommissar.« Van Felten starrte noch immer geradeaus, ohne jemanden im Raum anzublicken.

»Wie wär's, wenn Sie mir dabei ein wenig behilflich sein würden?«, schlug Mattern vor. »Zum Beispiel mit der Antwort auf die Frage, welchem Zweck der Aufenthalt auf Spiekeroog dient. Sind Sie alle zusammen geschäftlich hier, oder wie habe ich mir das vorzustellen?«

»Unser Aufenthalt hier ist rein privater Natur«, erklärte der Anwalt tonlos.

»Ach so«, antwortete der Kommissar. »Dann haben Sie also alle nicht nur ständig beruflich miteinander zu tun, Sie sind darüber hinaus auch noch ein lustiges Grüppchen, das ausgesprochen gern miteinander verreist. Und dieses Mal musste es unbedingt Spiekeroog sein, ja?«

»Ich denke, das dürfte für eine Beschwerde gegen Ihre Person ausreichen«, warf van Felten ein. Sein Mund kräuselte sich zu einer säuerlichen Grimasse.

»Sie können von mir aus tun und lassen, was Sie wollen«, erklärte Mattern, »aber hören Sie gefälligst auf, mir hier irgendwelche Geschichten auftischen zu wollen. Zu viert im Urlaub, nachdem gerade irgendein großer Prozess gegen Ihre Firma gelaufen ist. Glauben Sie vielleicht, ich bin bescheuert? Und denken Sie, ich wüsste nicht, wer Camphuusen war?«

»Auf welche Frage wünschen Sie zuerst eine Antwort?«, fragte der Anwalt. Der Mann drehte sich nun erstmals auf seinem Stuhl in die Richtung des Kommissars. »Gut. Da es Sie offenbar so brennend interessiert: Wir sind auf Herrn Camphuusens ausdrücklichen Wunsch hierher gereist. Der Aufenthalt sollte vornehmlich Herrn Camphuusens Entspannung dienen. Er ist gerne auf dieser Insel gewesen, hat nie ein Geheimnis darum gemacht. Und ja, wir wollten die Zeit hier nutzen, um den gewonnenen Prozess gemeinsam aufzuarbeiten. Es gab und gibt wichtige Dinge zu besprechen, die die künftige Ausrichtung der Firma zum Inhalt haben. Das muss Ihnen als Angabe genügen.«

»Schön«, räumte Mattern ein. »Das ist doch immerhin etwas. Wer außer Ihnen dreien hat noch von dieser Reise gewusst?«

Van Felten vollführte eine Handbewegung, mit der er das Wort für die beiden anderen freigab.

»Wir haben es verständlicherweise nicht an die große Glocke gehängt«, erklärte Rütters, »aber es gab da vor ein oder zwei Wochen ein Zeitungsinterview, in dem Camphuusen irgendwas angedeutet hat. Wie war das noch …« Rütters fasste sich an die Stirn.

»Er hat von den Ostfriesischen Inseln gesprochen«, half Celine Arnold aus. »Ich glaube, so ist es dann auch gedruckt worden.«

»Wie lange sind Sie vier hier auf der Insel?«, wollte Mattern wissen.

»Seit genau vier Tagen«, antwortete die Sekretärin. »Das heißt … Herr van Felten stieß erst gestern zu uns.«

»Unaufschiebbare Termine«, ergänzte der Angesprochene.

»Gab es in diesen vier Tagen auf der Insel irgendwelche besonderen Vorkommnisse?«, fragte Mattern. Er sah die drei anderen der Reihe nach an.

»Worauf wollen Sie hinaus?«, wollte Rütters wissen. Er hielt sich noch immer halb im Rücken des Anwalts auf.

»Als ich vorhin den Raum betreten wollte, sprachen Sie gerade von Anfeindungen, die es gegeben haben soll. Ich nehme doch an, dass sich diese Aussage auf Camphuusen bezog. Und nun hätte ich gerne von Ihnen gewusst, was es damit auf sich hat.«

Rütters stieß ein kurzes, hartes Lachen aus und entblößte damit zwei Reihen perlweißer Zähne. »Ach du lieber Gott. Wo soll ich da anfangen? Camphuusen war ein sehr erfolgreicher Geschäftsmann, Herr Kommissar. Leider arbeiten wir alle in einer hart umkämpften Branche, in der man sich oftmals Feinde macht. Das bleibt leider nicht aus.«

»Kann schon sein«, pflichtete Mattern bei. »Aber wenn Sie von Anfeindungen sprechen, gehe ich davon aus, dass Sie etwas Konkreteres im Sinn hatten als irgendwelche haltlosen Drohungen gegen Ihren Vorgesetzten.«

Rütters schüttelte den Kopf, lehnte sich gegen die Wand und begann damit, die Nagelhäute seiner linken Hand zu bearbeiten.

»Er hat Drohungen auf sein Handy erhalten«, platzte Celine Arnolds Stimme in die neu entstandene Stille.

Matterns Kopf schwenkte zu ihr herum. »Was für Drohungen waren das?«

Sie schüttelte den Kopf. »Das kann ich Ihnen leider nicht sagen.«

»Können Sie nicht oder wollen Sie nicht?«

Sie machte ein trotziges Gesicht. »Er hat mich die Nachrichten nicht sehen lassen. Er sprach nur von einem … einem dreckigen Hurensohn, der schon noch sein Fett abbekommen würde.«

»Das waren seine Worte?«, hakte Mattern nach. »Wann hat sich das abgespielt?«

»Gestern Abend. Kurz nach dem Abendessen.« Celine Arnold fuhr damit fort, an ihren Ellenbogen herumzunesteln.

»Interessant«, dachte Mattern laut. »Und wie steht es mit Ihnen dreien? Welches Verhältnis hatten Sie zu Ihrem Geschäftspartner und Vorgesetzten?«

»Eine Frage, auf die niemand hier im Raum antworten muss«, warf van Felten hastig ein. Ein Tropfen Speichel befeuchtete seine Unterlippe, ließ sie für einen Moment glänzen.

Mattern breitete seine Hände aus. »Bitte. Wie Sie wollen. Ich würde mir nun gerne das Zimmer von Herrn Camphuusen ansehen. Irgendjemand hier, der etwas dagegen hat?«

Kapitel 11

Es bedurfte einer Hotelangestellten, um das Zimmer zu öffnen. Hinrich Mattern sah sich darin um, schaltete das Licht ein, da die Vorhänge zugezogen waren und so gut wie kein Sonnenlicht durchließen.

Die junge Frau vom Hotel hatte er an der Tür postiert. Sie stand auf der Schwelle, sah ihn aus scheuen Augen an und wusste nicht, wohin mit ihren Händen.

Mattern drehte sich zu ihr um.

»Ist das Zimmer heute Morgen schon gemacht worden?«

Die Angestellte schüttelte erschrocken den Kopf. Eine dunkle Locke löste sich dabei aus ihrem Haar. Die Frau ergriff sie in einer routinierten Bewegung und klemmte sie sich hinters Ohr.

»Nein, Herr Kommissar, das passiert erst im Lauf des Vormittags.«

Mattern nickte und sah sich erneut um. Das Bett war definitiv über Nacht nicht benutzt worden. Am Fenster, unter der ausgeschalteten Heizung, stand ein Paar schwarzer Lederschuhe. Ein Anzug inklusive Hemd war lose über einen Sessel geworfen worden. Vermutlich aber nicht die Kleidung, in der Camphuusen letzte Nacht oder heute Morgen noch unterwegs gewesen war.

Auf dem Schreibtisch fand sich ein zusammengeklapptes Notebook. Das Kabel steckte in einer Dose in der Wand. Auf dem Schreibpapier des Hotels lag ein silberner Füllfederhalter, der die eingravierten Initialen Camphuusens trug. Im angrenzenden Bad fanden sich die gewöhnlichen Toilettenartikel, wie sie für einen mehrtägigen Aufenthalt auf der Insel zu erwarten waren. Rasierzeug, Zahnbürste, ein schwarzer Kamm neben dem Waschbeckenrand, versehen mit ein paar Schuppen seines verblichenen Besitzers.

Das Hotelzimmer erwies sich als kalte Spur, wenn sich nicht noch ein paar interessante Details auf dem Notebook auftreiben ließen. Mattern zog den Stecker aus der Wand und klemmte sich das Gerät unter den Arm.

»Schließen Sie das Zimmer sorgfältig ab und lassen Sie bis auf Weiteres niemanden rein, klar?«

»Ist gut«, versprach die Angestellte mit einem eifrigen Unterton. Dabei nickte sie mehrfach. Offenbar hatte Mattern ihr das Gefühl gegeben, Teil einer geheimnisvollen Verschwörung zu sein. Nun ja, bitte, dachte er.

Er hatte die Sekretärin, den engen Mitarbeiter und den Anwalt des Toten gebeten, sich im Foyer zu versammeln und dort wegen der anstehenden Identifizierung auf ihn zu warten.

An der Rezeption traf er auf Marlowe, der ihn schwanzwedelnd begrüßte.

»Ich habe ihn mit hierhergenommen«, erklärte der Angestellte, dem er das Tier zuvor anvertraut hatte. »Hier habe ich ihn besser im Blick. Ich hoffe, das ist in Ordnung für Sie.«

»Passt schon.« Mattern winkte ab. Anschließend gab er dem jungen Mann ein Zeichen, sich zu nähern.

Der Angestellte beugte sich leicht über den Tresen der Rezeption.

»Ich suche jemanden, der gestern am späten Abend noch Dienst an der Bar gehabt hat«, sagte Mattern leise.

»Da werden Sie sich wohl mit mir begnügen müssen, Herr Kommissar.« Der Angestellte grinste feixend.

»Umso besser«, antwortete der Kommissar. »Herr, äh … wie heißen Sie eigentlich?«

»Sprekkelsen.« Der junge Mann mit dem kurz geschorenen dunklen Haar deutete auf ein kleines Messingschild am Revers seines Jacketts. »Ich mache hier meine Ausbildung zum Hotelfachw…«

»Jaja, schon gut«, fuhr ihm Mattern dazwischen und drosselte gleich darauf wieder seine Stimmlautstärke. »Wir haben da ein kleines Problem mit einem Ihrer Gäste. Herr Camphuusen von Zimmer zweihundertvier. Bekannt?«

Sprekkelsen zuckte mit den Schultern. »Sicher. Er ist seit ein paar Tagen hier, soweit ich weiß. Was stimmt denn nicht mit ihm?«

»Das kann ich nicht sagen, er ist nämlich tot.«

»Was?« Der junge Mann blickte auf und suchte im Gesicht des Kommissars nach irgendwelchen Anzeichen, ob es sich möglicherweise um einen Scherz handeln konnte.

Doch Matterns Gesicht war hart wie Beton.

»Ich hab ihn heute Morgen bei den Austernbänken gefunden. Der Mann ist ermordet worden. Ich war eben oben in seinem Zimmer. So wie die Sache für mich aussieht, hat er letzte Nacht nicht in seinem Bett geschlafen. Die Frage ist also: Wo ist er gewesen? Und wer hat ihn zuletzt gesehen?«

»Naja«, sagte Sprekkelsen zögernd. »Doch wohl sein Mörder, oder etwa nicht?«

»Hör mal zu, mein Junge«, antwortete Mattern. »Wenn mir danach zumute gewesen wäre, hätte ich diesen lahmen Witz selbst gemacht. Also: Du hast Camphuusen gestern noch an der Bar gesehen?«

Den jungen Mann schien es nicht zu stören, dass Mattern plötzlich zum vertraulichen Du übergegangen war. Er nickte mit hochrotem Kopf. »Ich habe ihn gestern noch selbst bedient.«

»Bis wie viel Uhr?«

Er dachte nach. Jedoch nicht lange. »Bis ziemlich genau um halb eins. Der Mann, mit dem er zusammen da gewesen ist, hatte die Bar schon verlassen. Ich glaube, es war ein Mitarbeiter von ihm.«

»Tjark Rütters«, half Mattern aus. »Braungebranntes Gesicht, Zähne, als würde er jeden Morgen mit Deckweiß gurgeln, und so einen albernen Tennispullover mit den Ärmeln vor der Brust zusammengeknotet.«

»Genau der.« Sprekkelsen grinste.

»Weiter«, platzte Mattern heraus. »Was war mit Camphuusen, nachdem Rütters gegangen war?«

»Er hat noch seinen Cocktail ausgetrunken. Einen Highball.«

»Mit Whisky oder Rum?«

»Whisky. Er hat den ganzen Abend nur Whisky getrunken.«

»Weiter.«

Der Angestellte nickte einem Paar zu, das gerade hereingekommen war und nun gemütlich durch das Foyer schlenderte.

Sprekkelsen war jedoch nur kurz abgelenkt. Im nächsten Augenblick war er wieder ganz bei seinem Gesprächspartner.

»Er hatte fast ausgetrunken, als er einen Anruf bekam. Auf seinem Smartphone.«

Mattern horchte auf.

»Hast du etwas von dem Gespräch aufschnappen können?«

»Nein, tut mir leid, Herr Kommissar«, antwortete der Angestellte. »Ich habe noch zwei Damen auf der anderen Seite der Bar bedient. Außerdem hat man uns schon ganz früh beigebracht, nicht bei fremden Gesprächen zuzuhören.«

»Einen Scheiß lernt ihr hier«, murmelte Mattern. »Hast du wenigstens einen Namen mitgekriegt? Oder irgendwas, das Camphuusen anschließend gesagt hat?«

Sprekkelsen schüttelte beinahe demütig den Kopf. »Nichts dergleichen. Allerdings schien er mir nach dem Telefonat in ziemlich aufgeregter Stimmung zu sein.«

»Aufgeregt?«

Der junge Mann wiegte den Kopf hin und her. »Wütend scheint mir eher zu passen. Er hatte einen hochroten Kopf und hatte es plötzlich ziemlich eilig, die Bar zu verlassen. Er hat nicht mal mehr ausgetrunken.«

»Aber wohin er gegangen sein könnte, weißt du nicht?«

»Nein. Sorry.«

»Schon gut, Junge. Vielleicht hast du mir damit trotzdem weitergeholfen.« Mattern bediente sich an einer Schale mit gesalzenen Erdnüssen, die er sich in den Mund schob und zwischen seinen Zähnen zermalmte. Kauend fuhr er fort: »Sag mal, hast du Camphuusen in den letzten Tagen vielleicht noch mit anderen Leuten zusammen gesehen? Im Hotel oder außerhalb?«

Das Telefon neben Sprekkelsen begann zu klingeln. Der junge Angestellte schielte von seiner Position aus auf das Display.

»Lass es läuten«, sagte Mattern knapp und deutete mit seiner Kinnspitze in Richtung des störenden Apparats, der kurz darauf verstummte.

72

»Ja also«, sammelte sich Sprekkelsen, »wenn ich's mir recht überlege, dann habe ich ihn vorgestern zusammen mit den Schönhoffs im Hotelgarten gesehen.«

»Wer zum Teufel sind die Schönhoffs?«, blaffte Mattern.

»Ein Ärztepaar«, antwortete Sprekkelsen. »Das heißt, ich glaube, sie ist Ärztin. Was er macht, weiß ich nicht. Ich glaube, die beiden sind schon häufiger hier gewesen. Jedenfalls schien es mir, als würden die drei sich sehr angeregt unterhalten.«

»Nur worüber, das hast du sicher nicht mitbekommen?«

»Nein.«

»Natürlich nicht. Wie lange ist denn dieses reizende Paar noch hier im Hotel zu erreichen?«

Sprekkelsen machte einen Ausfallschritt in Richtung seines Computers und tippte ein paar Daten ein. »Sind noch eine ganze Woche hier.«

»Na schön. Die werden mir wohl nicht weglaufen.« Der Kommissar nickte dem Angestellten aufmunternd zu und langte noch einmal in die kleine Schale mit den Nüsschen. »Besten Dank auch. Dann werde ich mal noch ein wenig Polizeiarbeit absolvieren. Komm, Marlowe.«

Mattern schnippte mit den Fingern. Der Golden Retriever schoss von seinem Platz neben der Rezeption in die Höhe und war im nächsten Moment an der Seite seines Herrchens.

Der Kommissar steuerte auf Celine Arnold, Tjark Rütters und Anwalt van Felten zu, die ihn bereits ungeduldig erwarteten. Sie hatten in den kleinen Cocktailsesseln im Foyer Platz genommen. Mattern sah sie der Reihe nach aufmunternd an.

»Na? Wer von Ihnen möchte denn mit raus zur Identifizierung? Freiwillige vor!«

Kapitel 12

Sie wusste, dass sie zurück musste. Camphuusen war tot, ermordet, und in der Künstlerherberge wohnte derzeit eine Frau, die vermutlich eine ganze Anzahl an Gründen aufzählen konnte, warum sie dem Unternehmer die Pest an den Hals gewünscht hatte – wenn nichts Schlimmeres.

Wiebke Eden hatte sich unterwegs eine Flasche Wasser besorgt, die sie bereits zur Hälfte geleert hatte, als sie sich wieder der Appartementanlage näherte.

Die Terrasse hatte sich inzwischen gelichtet. Es ging auf die Mittagszeit zu, und die Gäste befanden sich entweder am Strand oder waren noch dabei, die Insel zu erkunden, um dann unterwegs in einem der Lokale einzukehren. Es herrschte viel Betrieb, daher war Wiebke zunächst nicht verwundert, die ehemalige Journalistin Hilke Fock nicht im Hotel anzutreffen.

Die junge Marieke legte gerade den Hörer zurück auf ihren Telefonapparat bei der Rezeption. »Es meldet sich niemand. Möchten Sie es vielleicht selbst später versuchen?«

Die Kommissarin schüttelte den Kopf. »Sagen Sie, Frau Fock ist doch mit einem Kollegen hier, richtig?«

»Robert Meyberg, richtig.«

»In welchem Appartement ist er untergekommen?«

Marieke wandte kurz den Kopf zum Computerbildschirm. »Einhundertsieben. Ich glaube sogar, dass er gerade dort ist. Soll ich für Sie anrufen?«

»Nicht nötig«, antwortete Wiebke. »Ich gehe selbst bei ihm vorbei. Vielen Dank für die Auskunft.«

»Sehr gern«, sagte die Angestellte lächelnd und beugte sich leicht über ihren Tresen, um Wiebke Eden nachzusehen, die sich ihren Weg durch die Lobby bahnte und im nächsten Augenblick im Durchgang zum Korridor im Erdgeschoss verschwunden war.

Wiebke schraubte im Gehen ihre Wasserflasche auf und nahm einen Schluck. Es versprach schon jetzt, ein heißer Sommer zu werden. Sie war gespannt, ob es auch ein langer werden würde, insbesondere, was ihre Zeit auf Spiekeroog anging.

Sie blieb vor der Tür zur Einhundertsieben stehen, wischte sich mit dem rechten Handrücken über die Lippen und schraubte die Flasche wieder zu. Bereits durch die Tür konnte sie von drinnen das hektische Geklapper einer Laptoptastatur hören. Nachdem sie eine Weile gelauscht hatte, klopfte sie.

Das Geklapper verstummte sofort. Ein leiser Fluch, dann das Scharren eines Stuhls. Schritte näherten sich. Die Tür wurde geöffnet.

»Das wurde auch Zeit. Ich weiß nicht, wie du dir das …«

Robert Meyberg hielt inne, als er seinen Irrtum bemerkte. Er blinzelte durch seine dunkle Hornbrille hindurch und sah die Frau vor der Tür fragend an.

»Ja, bitte?«

»Herr Meyberg? Mein Name ist Wiebke Eden, Polizeikommissarin auf Spiekeroog. Entschuldigen Sie bitte die Störung, aber ich bin auf der Suche nach Frau Fock. Ich dachte mir, ich könnte sie möglicherweise bei Ihnen antreffen.«

»Da haben Sie goldrichtig gedacht«, sagte Meyberg und fügte ein wenig theatralisch hinzu: »Eigentlich. Wir hatten uns für zehn Uhr bei mir verabredet, aber … kommen Sie gerne rein und sehen selbst, wer nicht da ist.«

Meyberg trat einen Schritt zurück und öffnete dabei die Tür so weit, dass die Kommissarin eintreten konnte.

Wiebke nahm das Angebot an. Das Zimmer, Meyberg hatte kein vollständiges Appartement, war heiß und stickig, was daran lag, dass die beiden Fenster fest verschlossen waren. Die Vorhänge waren halb zugezogen, die kleine Stehlampe auf dem Schreibtisch brannte und warf ihren Schein auf ein eingeschaltetes Laptop. Daneben, gefährlich nahe am elektronischen Schreibgerät und genauso dicht an der Tischkante, stand eine angebrochene Literflasche Eistee.

Die Tür fiel automatisch ins Schloss.

»Stimmt etwas nicht?«, fragte Meyberg, der auf den freien Sessel in der Ecke des Zimmers deutete. »Hilke hat doch nichts angestellt oder so?« Er lachte. Doch es klang ein wenig zu gewollt aufheiternd.

Wiebke sprang auf diesen Zug nicht auf. Sie nahm auch das Platzangebot nicht an, sondern blieb in der Nähe der beiden Fenster stehen.

»Stört es Sie, wenn ich mal eins davon öffne?«, fragte sie.

Meyberg wirkte irritiert. »Wie? Ach so, nein. Machen Sie nur. Ich kann bei Lärm nicht schreiben, wissen Sie? Und da draußen sind vorhin Gott und die Welt vorbeigelaufen. Und dann gleich wieder zurück. Sie würden nicht glauben, wie viele Leute ihre Sonnenmilch vergessen, wenn sie auf dem Weg zum Strand sind. Oder die Kühltasche mit der Verpflegung für den Tag. Und wie viele Kleinkinder über den Hubbel da draußen auf dem Pflasterweg stolpern und sich die Knie aufschlagen, noch bevor sie den Pfad zum Strand überhaupt erreicht haben. Und dabei soll man dann an einem Kriminalroman arbeiten, den man eigentlich zu zweit schreiben sollte, aber die liebe Kollegin zieht es offenbar vor, sich irgendwo auf der Insel rumzutreiben.«

Meyberg griff, ohne hinzusehen, nach der Flasche Eistee und setzte sie an seine Lippen. Er trank in langen Zügen und setzte die Flasche erst nach einer ganzen Weile wieder ab.

»Und dabei hat uns der Verlag einen Termin gesetzt. Die Promo läuft bereits an, und wir stecken erst irgendwo im dritten Kapitel.« Er nahm seine Brille ab und wischte sich mit seinem langen Hemdärmel über die Stirn. »Und jetzt kommen Sie vermutlich mit der nächsten Hiobsbotschaft.« Er setzte seine Brille wieder auf und sah die Beamtin an, ein wenig außer Atem geraten.

»Sind Sie jetzt fertig?«, fragte Wiebke mit einem Grinsen. Sie hatte in der Zwischenzeit beide Fenster geöffnet und auf Kipp gestellt. Eine sanfte Brise wehte herein und spielte mit den Vorhängen.

Meyberg wirkte erschöpft. »Vielleicht sollte ich mich besser in den Sessel setzen, was? Habe so das Gefühl, ich könnte es gleich nötig haben.« Er tat einen Schritt in die Richtung, blieb aber stehen. »Na, kommen Sie. Was ist mit Hilke passiert? Wo steckt sie? Was hat sie angestellt?«

»Kennen Sie einen Mann namens Herwig Camphuusen?«, fragte Wiebke.

Aus Meybergs Brust drang der tiefste und qualvollste Seufzer, den die Polizistin je gehört hatte.

Der Schriftsteller wankte zwei Schritte zurück und landete zielsicher in dem kleinen sandfarbenen Sessel, den er mit seiner Statur voll und ganz ausfüllte. Er riss sich erneut die Brille herunter und begann damit, sich mit den Fingern seiner Rechten seinen Nasenrücken zu reiben.

Mit geschlossenen Augen und gesenktem Kopf fragte er: »Was ist mit ihm? Hat Hilke etwa die Finger doch nicht von ihm lassen können? Ich hab es ihr gesagt. Ich hab gesagt, dass es Ärger gibt, wenn sie ihm hier wieder über den Weg läuft. Wegen dieser … saublöden Sache von damals. Sagen Sie nichts. Ich liebe es zu raten. Sie hat ihm eine gescheuert oder ihm seinen Whisky ins Gesicht geschüttet, richtig? Vielleicht auch beides, garniert mit ein paar saftigen Beschimpfungen. Das kann sie nämlich prima. Sie sollten sie mal mitbekommen, wenn sie so richtig in Fahrt ist.« Er lachte leise in sich hinein.

»Herr Camphuusen ist tot«, sagte Wiebke ruhig. »Er wurde ermordet.«

Meyberg hielt in seiner Bewegung inne. Er stoppte jegliche wahrnehmbare Aktion, so als hätte ihn jemand auf der Stelle schockgefroren. Seine Hornbrille hing aus seiner linken Hand heraus, sein Kopf war weiter gesenkt, das etwas zu lange Haar hing ihm wirr herunter. Nichts an ihm zitterte, nichts rührte sich.

Als der Schriftsteller nach einer gefühlten Ewigkeit seinen Kopf leicht anhob und die Kommissarin anblickte, sagte er nur ein Wort: »Was?« Es klang müde, fassungslos, schockiert und so, als wolle er eigentlich noch sehr viel mehr damit ausdrücken, fand aber in dieser Sekunde weder die Kraft noch die richtigen Ausdrücke dafür.

»Es ist so, wie ich es gesagt habe«, erklärte Wiebke. »Herr Camphuusen wurde heute Morgen tot im Watt aufgefunden.

Sein Körper wurde durch die scharfen Kanten der Pazifischen Austern nahezu der Länge nach aufgeschlitzt. Er ist im Watt verblutet.«

»Oh, mein Gott.« Meybergs Flüstern hatte in der Stille des engen Zimmers etwas Unheimliches.

Draußen war ein Kinderlachen zu hören. Kurz darauf trippelnde Schritte. Eine Mutter rief ihrem Sohn etwas hinterher. Das alles waren Geräusche, die weit weg waren. Wie aus einer fernen, fremden Welt.

Meyberg setzte sich seine Brille wieder auf und richtete sein Haar. Wiebke hatte kurz den Eindruck, als zitterten seine Hände leicht dabei. Als hätte er es selbst bemerkt, legte er sie wie zum Gebet zusammen. Seine Ellenbogen hatte er dabei auf seine Oberschenkel gestützt.

»Ist es … verstehen Sie mich bitte richtig … ist es vollkommen sicher, dass ein Mord vorliegt? Ich meine, besteht nicht auch die Möglichkeit, dass er sich diese Wunden selbst beigebracht hat? Oder dass es … ja, dass es ein Unfall war?«

Die Kommissarin schüttelte den Kopf. »Die Wunden kann er sich unmöglich alle selbst beigebracht haben. Und ein Unfall auf diese Weise scheint mir doch sehr weit hergeholt zu sein.«

»Scheiße«, flüsterte Meyberg. Er starrte sehnsüchtig die Flasche Eistee an, die auf der Kante des Schreibtischs stand. Wiebke machte einen Schritt darauf zu und reichte sie ihm.

Er lächelte ihr flüchtig zu, drehte den Verschluss ab und setzte die Flasche an seine Lippen. Er trank jedoch nicht, sondern ließ sie wieder sinken.

»Sie denken doch nicht, dass … dass Hilke etwas damit zu tun haben könnte, oder? Obwohl … was sollen Sie sonst denken? Sie haben sicher schon in Erfahrung gebracht, was zwischen Hilke und Camphuusen gelaufen ist, nehme ich an.«

»Vielleicht nicht alles«, räumte Wiebke ein. »Aber zumindest einiges. Und vielleicht helfen Sie mir einfach mit dem Rest auf die Sprünge.«

»Sie hat wegen dem Typen ihren Job bei der Zeitung verloren«, erklärte Meyberg. Dabei starrte er in die Öffnung der Plastikflasche. »Man munkelt sogar, dass Camphuusen selbst dafür gesorgt haben soll, weil seine Verbindungen weiter reichen, als die meisten denken.«

»Denken Sie das auch?«, hakte die Polizistin nach.

»Keine Ahnung.« Er nahm einen Schluck aus der Flasche. Die restliche Flüssigkeit, kaum mehr als eine Daumenbreite, schwappte in den Behälter zurück und bildete an seinem Boden schaumige Blasen. »Ihr Boss hat sie jedenfalls gefeuert, nachdem sie eine nicht angemeldete Demo bis vor Camphuusens Villa in Hamburg-Othmarschen geführt hat. Die wurde schließlich von den B… von der Polizei aufgelöst, nachdem ein paar Schwachmaten auf das Grundstück gedrungen waren und da alles kurz und klein geschlagen haben. Naja, sein dämliches Gartenhaus, einen Zierbrunnen und so. Ein paar Typen haben in seinen Teich gepinkelt.« Meyberg grinste, wurde aber sofort wieder ernst, als er Wiebkes Blick bemerkte. »Natürlich war das nicht richtig«, fügte er hinzu. »Die ganze Sache ist wohl ziemlich aus dem Ruder gelaufen. Hilke hatte sie ab einem bestimmten Punkt einfach nicht mehr in der Hand. Aber sie war nun mal die Organisatorin und wurde dafür zur Rechenschaft gezogen. Ich glaube, Camphuusen hat sie angezeigt.«

»Na, herzlichen Glückwunsch«, sagte Wiebke. »Das wird sie bestimmt teuer zu stehen kommen. Und das Ganze auch noch ohne Job. Ich vermute, sie muss dieses Buch zusammen mit Ihnen schreiben, hm?«

»So sieht's aus«, bestätigte Meyberg. Er blickte zu Wiebke auf. »Das Ganze hier ist allerdings keine Mitleidsnummer von meiner Seite, falls Sie das gerade denken. Ich habe schon früher mit Hilke zusammengearbeitet. Sie hat für mich recherchiert und ich habe ihr gelegentlich mit ein paar Artikeln geholfen. Wir haben schon lange mal was zusammen machen wollen. Und jetzt das. Ich fass es einfach nicht.«

»Wussten Sie, dass Camphuusen auf der Insel ist?«, fragte Wiebke.

»Nein«, antwortete der Schriftsteller. »Das heißt, am Anfang wusste ich es nicht. Ich hab's dann aber zu wissen gekriegt.«

»Wodurch?«

»Durch Zufall, wenn Sie so wollen. Ich hab die beiden Mitarbeiter von Camphuusen an der Strandpromenade getroffen. Seine Sekretärin und diesen ... Rütters. Ich glaube, die beiden haben was miteinander. Sah jedenfalls so aus. Ist ja auch egal. Auf jeden Fall bin ich hierher zurück und hab Hilke darauf angesprochen.«

»Und?«, fragte Wiebke. »Wusste sie bereits, dass Camphuusen und die anderen auf Spiekeroog sind?«

»Ja. Sie wusste es. Woher hat sie mir nicht verraten.«

»Wessen Idee war es, Ihr gemeinsames Buch hier auf der Insel zu schreiben? Ihre? Oder die von Frau Fock?«

Er hob seinen Kopf an. Seine Augen waren geweitet, starrten für einen Moment durch die Gläser seiner Brille, auf einen unsichtbaren Punkt an der Wand hinter der Kommissarin.

»Oh Mann«, sagte er nach einer Weile. »Sie hat es schon vorher gewusst, meinen Sie das? Sie wusste, dass Camphuusen hier sein würde, noch bevor sie mir den Vorschlag gemacht hat, das verdammte Buch auf Spiekeroog zu schreiben.«

»Warum eigentlich diese Insel?«, fragte Wiebke.

»Die Frage ist: Warum nicht?«, presste Meyberg trocken heraus. Er sah die Kommissarin ernst an. »Die Handlung soll hier spielen. Wenn es gut läuft, kann es sogar der Auftakt für eine neue Buchreihe werden.«

»Respekt. Da muss Ihnen ja ordentlich was einfallen.«

Meyberg winkte ab. »Das ist halb so wild. Wenn man denn eine verlässliche Partnerin hat. Aber wie es aussieht, schreibt die Realität mal wieder die spannenderen Geschichten. Beziehungsweise die blutigeren.« Er schüttelte den Kopf und gab seiner Flasche den Rest. »Mann, wer macht denn sowas?«

Wiebke Eden ließ die Frage unbeantwortet, obwohl sie selbst mehr denn je an ihrer Klärung interessiert war.

»Herr Meyberg, ich muss Sie fragen, wo Sie heute Morgen in der Zeit zwischen ... sagen wir fünf und sieben Uhr gewesen sind.«

»Ja. Das müssen Sie wohl, so wie die Dinge liegen.«

»Natürlich muss ich das vor allem Frau Fock fragen, sobald klar ist, wo sie sich aufhält«, erklärte die Kommissarin. »Aber ich denke, wir beide wissen, dass eine Frau diese Tat unmöglich begangen haben kann. Jedenfalls nicht allein.«

Meyberg lachte kurz auf. »Ich hätte den Kommissar in meinem Buch dieselben Worte benutzen lassen. Und sie treffen ja wohl auch zu, richtig? Haben Sie Camphuusen gesehen? Ich meine, so live und in Farbe? Ich weiß nicht, was der so auf die Waage gebracht hat, aber gute hundertzwanzig Kilo mögen's wohl gewesen sein.«

»Ich weiß«, antwortete Wiebke und blickte ihr Gegenüber erwartungsvoll an. »Höre ich trotzdem noch etwas von Ihnen, Herr Meyberg?«

»Ja, klar. Es wird Sie vermutlich wenig überraschen, aber um die Zeit bin ich hier in meinem Zimmer gewesen. Hab mich mit zwei Mücken abgeplagt, bis es hell geworden ist. Das muss ja ungefähr die fragliche Zeit gewesen sein, richtig?« Meyberg machte sich daran, seinen rechten Hemdsärmel aufzuknöpfen und nach oben zu rollen. Sein Ellenbogen war feuerrot, und fast über die gesamte Breite war eine dicke Schwellung zu sehen. »Das juckt wie verrückt. An einer anderen Stelle hab ich noch einen. Sie wollen gar nicht wissen, wo.«

»Stimmt«, antwortete die Kommissarin, »das will ich wirklich nicht. Und wie steht es mit Frau Fock?«

»Die werden meine Mückenstiche auch nicht interessieren. Aber ich denke, Sie meinen eher, wo sie um die fragliche Zeit heute Morgen gewesen ist. Dazu kann ich leider überhaupt nichts sagen. Frau Fock und ich teilen uns nur ein bisschen Arbeit miteinander. Sonst nicht sehr viel.«

»Bleibt nur die Frage, wo sie steckt«, sagte Wiebke Eden. Sie sah Meyberg durchdringend an. »Sie sehen mir so aus, als wüssten Sie darauf eine Antwort.«

Kapitel 13

»Ja«, sagte sie. Und dann noch einmal, etwas leiser: »Ja.«

»Mh-hm«, machte der Kommissar. »Dachte ich mir.«

Mattern gab einem jungen Mann von der Spurensicherung ein Zeichen, den Deckel auf den Überführungssarg zu legen.

Der Mann nickte knapp, und wenige Sekunden später war der zerschundene Körper Herwig Camphuusens vor der Öffentlichkeit und vor neugierigen Blicken verborgen.

Nebenher flatterten die losen Enden von Claasens Abdeckplane im Wind. Jemand hatte sie notdürftig zusammengelegt und mit einem etwa faustgroßen Stein beschwert.

Mattern blickte Celine Arnold an, die bleich wie die Wand war. »Sie müssen sich jetzt aber nicht übergeben oder so?«

Sie wandte sich ab, schüttelte den Kopf und hob abwehrend die rechte Hand. »Es geht gleich wieder.«

Der Kommissar ließ sie gewähren und beschäftigte sich damit, einige der umherstehenden Schaulustigen böse anzugaffen, sodass die meisten von ihnen sich genötigt sahen, weiterzuziehen. Er unterhielt sich darauf kurz mit dem jungen Mann, der den Sarg verschlossen hatte. Er beschrieb ihm die Stelle, an der er Camphuusens Kleidung gefunden hatte, und gab ihm den Tipp, an dieser Stelle nochmals gründlicher zu suchen, als er selbst es getan hatte. Der Kollege schien alles andere als begeistert über die Art und Weise, wie Mattern ihm gerade etwas zusätzliche Arbeit aufgehalst hatte. Mattern grinste in sich hinein, als sich der Mann umdrehte und in einiger Entfernung wild gestikulierend mit seinen Kollegen unterhielt.

Als sich die junge Sekretärin wieder zum Kommissar umdrehte, schien es ihr in der Tat besser zu gehen.

»Kommen Sie, wir gehen ein Stück«, schlug Mattern vor. »Wir können hier jetzt eh nichts mehr ausrichten.«

Sie nickte und schlang ihre Arme im Gehen um ihren Oberkörper.

»Ist Ihnen kalt?«

Sie schüttelte den Kopf. »Nein, es ist nur … ich habe so etwas noch nie machen müssen.« Sie deutete mit einem Blick über ihre Schulter auf die Stelle, an der gerade der Sarg von vier Männern gleichzeitig aus dem weichen Sand gehievt wurde, um ihn zu einem an der Promenade stehenden Elektrokarren zu transportieren.

Mattern schenkte den Männern nur kurze Aufmerksamkeit und gab einen missmutigen Laut von sich. »Ich kann Ihnen sagen, dass es über die Jahre nicht unbedingt besser wird. Man versucht sich einzureden, dass man sich dran gewöhnen kann, aber das wird nie der Fall sein. Der Tod eines Menschen bleibt immer etwas Absonderliches. Und vielleicht ist das auch gut so, denn ansonsten würde er zu etwas Belanglosem verkommen.« Mattern lachte leise auf. »Verzeihen Sie meinen kleinen Anflug von Melancholie. Ich wollte damit nicht andeuten, dass ich ein übergroßes Mitgefühl für den Verstorbenen empfinde. Nach allem, was ich bisher gehört habe, soll er ein ziemlich egoistisches Ekel gewesen sein. Wie sieht es bei Ihrem Mitgefühl aus? Empfinden Sie welches?«

Sie sah ihn von der Seite an, strich sich im Gehen eine dunkle Haarsträhne aus der Stirn. »Für Camphuusen? Ich weiß nicht recht. Wie kommen Sie darauf?«

»Nun ja, er war doch immerhin Ihr Vorgesetzter. Und Sie waren es, die mich angerufen hat. Das haben Sie doch nicht grundlos getan.«

»Wir haben uns gefragt, wo er steckt«, antwortete sie. »Es war sehr ungewöhnlich von ihm, nicht in seinem Zimmer oder irgendwo beim Hotel zu sein. Außerdem hatten wir eine Verabredung. Und es war noch ungewöhnlicher, dass er sie nicht eingehalten hat. Camphuusen ist sein ganzes Leben lang auf die Minute pünktlich gewesen.«

»Sie waren besorgt«, fasste Mattern zusammen. »Naja, vielleicht würden Sie es anders nennen, aber ich sehe es so. Was, glauben Sie, könnte hinter diesem Mord stecken? Ich frage Sie ganz offen.«

»Ich fürchte, da fragen Sie die Falsche«, sagte sie nach einer Weile. »Ich kann mir keinen Grund vorstellen, warum jemand so etwas tun könnte.«

Mattern sah sie kurz an und ließ ein schelmisches Lächeln erkennen. »Wie lange arbeiten Sie schon für Camphuusen?«

»Im August werden es vier Jahre.«

»Und in der Zeit wollen Sie noch nicht mitbekommen haben, wie der Mann so drauf war? Welche Geschäftsmethoden er praktiziert hat?« Mattern hob einen kleineren Ast auf, ein vom Wasser abgeschliffenes blankes Stück Treibgut. Er hielt es Marlowe hin und schleuderte es dann meterweit über den Strand. Der Retriever setzte sich mit einem jaulenden Laut in Bewegung. Sand spritzte auf.

»Wollen Sie mir nicht antworten?«, hakte der Kommissar nach. »Oder wollen Sie mir sagen, dass alle in der Firma so ticken? Dass Sie und dieser Rütters genauso drauf sind? Von dem Anwalt wollen wir gar nicht reden, dem würde ich nämlich glatt zutrauen, einem Drittklässler sein Schulbrot wegzunehmen.«

Während Marlowe sich mit Begeisterung auf den Ast stürzte und ihn triumphierend dem Watt entriss, wo er mit einem platschenden Laut gelandet war, blieb Celine Arnold stehen.

»Worauf wollen Sie eigentlich hinaus? Was wollen Sie von mir hören?«

Auch Mattern verharrte in der Bewegung. Er stand der jungen Frau direkt gegenüber, blickte ihr in die Augen. »Ich will von Ihnen ein Motiv hören. Und nach Möglichkeit ein paar Namen, wer für die Tat in Betracht kommt. Angehörige scheint Camphuusen ja nicht gehabt zu haben, das habe ich bereits durch die Kollegen vom Festland überprüfen lassen. Seine Eltern sind beide tot, seine einzige Schwester ist vor elf Jahren bei einem Badeunfall in Spanien ums Leben gekommen. Frau und Kinder Fehlanzeige. Deswegen muss ich mich an Sie halten. Sie drei waren doch wohl so etwas wie seine Familie, hm? Warum sonst hat er Sie mit hierher geschleppt?«

»Camphuusen wollte sich hier eine Auszeit von dem Rummel der letzten Wochen nehmen. Sie wissen schon, der Prozess und so. Und ja … er hatte uns gerne um sich. Fragen Sie mich nicht, warum.«

»Das würde ich aber furchtbar gerne. Ich wüsste nämlich ansonsten nicht, warum ich mich freiwillig in die Gesellschaft eines Herrn van Felten begeben sollte.«

Sie stieß ein leises, prustendes Lachen aus.

Marlowe brachte den Ast zurück und warf ihm Mattern vor die Füße. Der Kommissar hob ihn auf und schleuderte ihn erneut in Richtung Watt. Das Spiel wiederholte sich.

»Camphuusen schätzte seine Meinung sehr. Die Meinung von uns allen. Und auch wenn er auf Erholung hier war, so hat er doch nebenher immer gearbeitet. Es gab immer etwas zu regeln, zu planen oder zu entscheiden. Irgendwer rief ständig an.«

»Auch letzte Nacht«, sagte Mattern.

Sie sah ihn aus großen Augen an. »Wie meinen Sie das?«

Mattern sah auf das Watt hinaus, wo Marlowe mit einer seiner Tatzen den schlammigen Ast wieder ausgrub.

»Irgendjemand hat Camphuusen letzte Nacht auf seinem Handy angerufen. Und ich schätze, dieser Unbekannte wollte sich mit ihm treffen. Irgendwo hier auf der Insel.«

»Wie kommen Sie darauf?«

»Camphuusen ist aus der Hotelbar gestürzt, hat nicht mal seinen Whisky ausgetrunken. Er schien sehr aufgeregt gewesen zu sein. Irgendeine Ahnung, wer der späte Anrufer gewesen sein könnte?«

»Nein«, antwortete sie leise. »Es sei denn …«

»Es sei denn … was? Sie denken, es könnte der dreckige Hurensohn gewesen sein, von dem Camphuusen bedroht oder erpresst wurde?«

»Wäre das so unwahrscheinlich?«

»Nein«, sagte Mattern grimmig. »Wir werden das schon rausfinden. Anfragen über die gängigen Mobilfunkanbieter laufen bereits. Vielleicht treiben wir auch noch sein Handy auf. Das ist nämlich verschwunden. Zusammen mit seinen anderen Sachen. Brieftasche, Ausweise und was er sonst noch so bei sich gehabt haben dürfte.«

Marlowe kam über den Strandabschnitt getrabt und warf Celine Arnold den Ast hin. Er ging sofort darauf vor ihr in die Hocke und hechelte.

»Jetzt versucht er's bei Ihnen«, sagte Mattern mit einem Lächeln. »Probieren Sie's ruhig mal aus. Aber ich warne Sie: Er wird Sie danach so schnell nicht mehr in Ruhe lassen.«

»Da ist er vermutlich genau wie Sie, hm?« Sie blickte Mattern skeptisch an, bückte sich zu dem Ast und hob ihn auf.

Marlowe stellte sich auf alle vier Pfoten und machte sich bereit, dem hinterlistigen Beutestück nachzujagen.

»Wohin?«, fragte sie.

Mattern winkte ab. »Das ist ihm ganz egal, wenn's nur weit genug ist.«

Sie nickte, packte den Ast fester und schleuderte ihn mit aller Kraft auf den Wattabschnitt hinaus. Dabei hob sie ihren linken Arm und schirmte mit der flachen Hand ihre Augen vor der Sonne ab, um zu sehen, wo der Ast landete.

Der weite Ärmel ihrer grünen Bluse rutschte an ihrem Arm entlang, bis zum Schultergelenk hinauf. Sofort wurde sie sich dieser Bewegung bewusst und wollte den Ärmel wieder herunterstreifen, doch da hielt Mattern sie bereits gepackt.

»Woher haben Sie das?«, fragte er und deutete mit seiner Kinnspitze auf den großen blaulila Fleck, der ihren Trizeps umspannte.

»Lassen Sie mich los!«, giftete sie ihn an und begann damit, ihren Oberkörper hin und her zu bewegen.

Mattern löste seine Hand, entließ die Frau aus seinem Griff. Er trat einen Schritt zurück und hob nun beschwichtigend beide Hände. »'Tschuldigung. Aber wissen würd' ich's trotzdem gern.«

»Das geht Sie überhaupt nichts an«, platzte es aus ihr heraus. Ihre Stimme hatte eine kräftige Färbung angenommen, ganz anders als noch Minuten zuvor. Sorgsam streifte sie den Ärmel ihrer Bluse herunter, während Marlowe ihr bereits wieder den Ast vorwarf.

»Ich habe Sie gewarnt«, sagte Mattern mit einem Schmunzeln.

Celine Arnold rieb sich gedankenverloren den Arm. »Wie hält er es bloß mit Ihnen aus?«

»Mh«, machte Mattern gedehnt. »Wir kommen uns gegenseitig nicht in die Quere. Er pfuscht mir nicht in meine Arbeit und ich ihm nicht in seine. Also? Was ist jetzt mit den blauen Flecken? Sie haben doch zwei davon, richtig? An beiden Oberarmen. Und die sind noch ziemlich frisch. Wollen wir sagen, von letzter Nacht?«

»Sie wissen ziemlich gut, dass es so ist«, antwortete sie durch ihre geschlossenen Zähne hindurch. »Warum lassen Sie mich nicht endlich in Ruhe damit?«

Mattern deutete mit seinem Daumen hinter sich. »Weil da drüben gerade eine Leiche abtransportiert wurde. Und die gehört zu einem Mordfall, den ich zu untersuchen habe. Ich will Ihnen mal sagen, was ich denke: Ich denke, dass Camphuusen von jemandem umgebracht worden ist, der einen brennenden Hass für diesen Mann verspürt hat. Ein Hass, der ihn blind gemacht, der ihn zu einem Mörder gemacht hat. Und dafür kann es verschiedene Gründe geben. Camphuusen war ganz offensichtlich ein Mann, der genauso viele Feinde hatte, wie es da draußen Muscheln gibt. Und Sie können mir nicht erzählen, dass Sie davon absolut nichts wissen. Was ist passiert? Hat er Sie gestern Nacht angefasst?«

Sie wandte ihren Blick zur Seite. Das schwache »Ja« drang dennoch an Matterns Ohren.

»Na sauber«, quetschte er heraus. »Nur gestern Nacht oder kam das häufiger vor?«

»Nur letzte Nacht.«

»Wann?«

»Ich … es muss kurz vor ein Uhr gewesen sein. Ich hatte schon geschlafen. Da hat er … er hat an meine Zimmertür geklopft. Camphuusen.«

»Und Sie haben ihm geöffnet.«

»Er ist … war mein Chef«, sagte sie zu ihrer Entschuldigung. »Er war angetrunken. Ich hatte ja keine Ahnung, was er wollte.«

»Er wollte Sie ins Bett kriegen«, brachte es Mattern auf den Punkt.

Celine Arnold hob den Ast auf, den Marlowe eben fallen gelassen hatte. Sie hielt ihn mit beiden Händen, klammerte sich daran fest. Marlowe winselte ungeduldig. Sie beachtete ihn nicht.

»Er hat mich sofort ins Zimmer zurückgeschoben«, fuhr sie fort. »Alles war dunkel. Er hat mich gepackt und … wollte mich küssen. Es ging alles so schnell. Ich war darauf nicht vorbereitet … konnte mich nicht wehren.«

Mattern sah sie von der Seite an. »Hat er Sie … Sie wissen schon.«

Sie schüttelte heftig den Kopf, als wolle sie den abscheulichen Gedanken gleich wieder aus ihrem Schädel befördern. »Nein«, antwortete sie. »Dazu kam es zum Glück nicht.«

»Warum nicht?«, hakte Mattern nach. »Was ist passiert?«

»Ich … ich war nicht allein im Zimmer. Tjark war da.«

»Ach ja.«

»Aber das kriegte Camphuusen erst mit, als Tjark dazwischengegangen ist.«

»Kam es zu einer Auseinandersetzung?«, wollte der Kommissar wissen.

»Ja«, sagte sie. »Allerdings nur kurz. Tjark hat Camphuusen ins Gesicht geschlagen. Es war furchtbar.«

»Was ist dann passiert? Bitte reden Sie!«

»Nicht mehr viel. Camphuusen stand da und hat schwer geatmet. Dabei hielt er sich die Wange. Plötzlich war er wieder vollkommen nüchtern. Er hat Tjark … Herrn Rütters … angestarrt. Für einen Moment dachte ich, er würde versuchen, auf ihn loszugehen, aber dann hat er es sich anders überlegt. Er … er hat sich umgedreht und ist aus dem Zimmer.«

»Einen Augenblick«, warf Mattern ein. »Ich habe Camphuusen zwar nicht persönlich gekannt, aber ein Mann wie er dreht sich nicht einfach so um und geht. Ein Mann wie er inszeniert einen möglichst bedrohlichen Abgang. Also? Was war es? Was hat er Ihnen und Rütters an den Kopf geworfen?«

Sie zierte sich. Noch. Dann sah sie ein, dass es keinen Sinn hatte, und rückte mit dem letzten Rest ihrer Geschichte heraus.

»Er hat gesagt, dass es für uns beide Konsequenzen haben würde. Für Tjark und mich. Er würde schon dafür sorgen. Und dann ist er raus. Hat die Tür hinter sich zugeknallt. Das ist die Wahrheit.«

»Und vor diesen … Konsequenzen hatten Sie beide verständlicherweise Angst, habe ich recht?«

Sie sah ihn an. Marlowe winselte.

»Was meinen Sie damit?«

»Das ist doch ganz einfach«, antwortete der Kommissar. »Sie hatten Angst davor, Camphuusen würde Sie beide am nächsten Tag schon vor die Tür setzen. Also beratschlagten Sie, was zu tun sei. Und dabei kamen Sie auf die Idee, ihn aus dem Hotel zu locken. Raus aufs Watt. Und da ist es dann passiert. Jemand von Ihnen hat die Beherrschung verloren.«

Celine holte mit dem Ast aus und schleuderte ihn mit einem wütenden, heiseren Schrei weit von sich. Sofort wirbelte sie auf der Stelle herum und kam Mattern gefährlich nahe.

»Das nehmen Sie auf der Stelle zurück!«

Mattern blinzelte. Er ignorierte Marlowe, der dem Ast hinterhergesprungen war und nun damit begann, ihn so mit seinen Zähnen zu bearbeiten, dass die Raspeln flogen.

»Das kann ich gar nicht zurücknehmen«, erwiderte der Kommissar. »Weil es einfach zu gut ins Bild passt und Sie mir im Augenblick auch nicht glaubhaft das Gegenteil beweisen können. Oder? Können Sie?«

»Wie stellen Sie sich das vor?«, giftete sie zurück. »Nach allem, was ich Ihnen gerade erzählt habe, werden Sie vermutlich auf mein Alibi wenig Wert legen. Aus dem einfachen Grund, weil Herr Rütters mein Alibi ist und niemand sonst.«

Mattern nickte ihr zum Abschied zu. »Ich fürchte, das haben Sie richtig erkannt, Frau Arnold.«

Kapitel 14

Der Zeltplatz von Spiekeroog. Eingebettet in die Süderdünen der Insel. Eine weite Fläche, auf der sich die vielen bunten Behausungen großzügig und schutzsuchend in die zahlreichen Dünentäler schmiegten. Hier und da flatterte eine Fahne im Wind. Vom gemeinschaftlichen Grillplatz stieg eine dünne Rauchsäule in die Luft. Dann und wann brachte der Wind einen Hauch von Gegartem mit sich, bevor er diese Ahnung zerfaserte und weitertrug.

Wiebke Eden ließ ihren Blick wandern. Er erfasste den roten Zeltplatzkiosk, dessen Tür geöffnet war. Auf den Holzbänken davor saßen einige Zelter. Zwischen ihnen auf den Tischen Kaffee, Tee, Bier und Kuchen. Gelächter und Stimmengewirr wehten zur Kommissarin und ihrem Begleiter, dem Schriftsteller, herüber.

»Sie glauben wirklich, dass sie hier sein könnte?«, fragte Wiebke skeptisch.

Robert Meyberg steckte sein Handy weg, mit dem er immer wieder vergeblich versucht hatte, seine Kollegin zu erreichen. Er wischte sich den Schweiß von der Stirn. Der Gang vom Ortskern bis hier raus hatte ihn angestrengt.

»Vielleicht war das Ganze auch eine Schnapsidee«, räumte er kleinlaut ein.

»Da bin ich mir nicht so sicher. Sie wird schon einen Grund haben, warum sie mit uns Verstecken spielt. Warum erzählen Sie mir nicht etwas mehr von dem Mann, den sie erwähnt hat?«

Meyberg seufzte lang. »Sie nennt ihn Loddar. So wie den ehemaligen Fußballer. Sein richtiger Name ist Lothar Heitmann. Und das ist eigentlich auch schon alles, was ich über den Burschen weiß.«

»Ernsthaft? Na, kommen Sie.« Wiebke versetzte Meyberg einen sanften Stoß in seine Rippen.

»Das ist die Wahrheit. Die beiden haben sich auf der Fähre getroffen. Sie kennen sich von früher, ist aber wohl schon eine Weile her. Ich hatte allerdings den Verdacht, dass dieser

Heitmann auch eine Verbindung zu Camphuusen hat … oder gehabt hat.«

»Wie kommen Sie darauf?«

»Weil sein Name gefallen ist. Hab ich zufällig gehört, als ich wieder an Deck gekommen bin.«

Die Kommissarin war nicht zufrieden. »Mehr haben Sie nicht anzubieten?«

»Ich war die ganze Zeit während der Überfahrt am Wandern. Ich werde nämlich leicht seekrank, und ausgerechnet bei unserer Anreise hatten wir Windböen kurz vor Orkanstärke.«

»Na, na, jetzt übertreiben Sie mal nicht«, warf Wiebke ein.

»Zumindest hat es sich für mich so angefühlt«, stellte Meyberg richtig. »War echt nicht angenehm. Die ganze Zeit am Wandern. Ich hab plötzlich Sachen in meinem Magen gespürt, von denen ich dachte, dass sie längst durch wären. Und dann ständig dieses Gefühl, dass einem die Kehle zugeschnürt wird.« Meyberg nestelte an seinem oberen Hemdknopf herum.

Wiebke seufzte. »Na gut, Sie haben also das Wichtigste der Unterhaltung verpasst.«

Meyberg hob warnend den rechten Zeigefinger und wedelte aufgeregt damit hin und her. »Nein, nein, nein. Die beiden haben sofort das Thema gewechselt, als ich wieder zu ihnen gestoßen bin. So wird nämlich ein Schuh draus.«

»Haben Sie eigentlich eine Partnerin, Herr Meyberg?«

Der Schriftsteller sah sie schräg von der Seite an. »Ist das eine berufliche Frage? Oder … oder was?«

Wiebke sah ihn an. »Ich schätze eher oder was.« Damit setzte sie sich wieder in Bewegung und hielt direkt auf den Zeltplatz zu.

Meyberg, vom plötzlichen Aufbruch überrascht, hatte Mühe, der Polizistin zu folgen. Mit ungelenken Schritten stapfte er in seinen hoffnungslos aus der Mode gekommenen Slippern hinterher. »Jetzt warten Sie doch mal. Was meinen Sie denn mit oder was? Ich meine …«

»Nichts«, unterbrach die Kommissarin. »Vergessen Sie es einfach.«

»Verraten Sie mir trotzdem, wo Sie hinwollen?«

»Zu dem Gebäude da drüben. Ich glaube, das ist die Unterkunft des Platzwarts.«

»Ah ja. Na klar. Sie wollen das richtige Zelt ausfindig machen, hm? Ziemlich clever. Lernt man sowas auf der Polizeischule?«

»Nein«, antwortete Wiebke. »Wenn man Glück hat, bekommt man einfach einen gesunden Menschenverstand in die Wiege gelegt. Und so wie es aussieht, zähle ich wohl zu den Glücklichen.«

Sie passierten den Grillplatz. Ein Mann im freien Oberkörper und einem in der Sonne glänzenden Bauch, der ihm über seine Bermudashorts quoll, drehte auf dem Rost goldbraune Thüringer mit einer Zange um. Dabei sah er kurz auf, sah zu ihnen herüber.

»Ich bin ja generell nicht so praktisch veranlagt«, fuhr Meyberg im Plauderton fort, nachdem er seinen Blick von dem grillenden Zelter abgewendet hatte. »Ich glaube, ich könnte nicht mal einen Nagel in ein Paket Blumenerde schlagen.«

»Na, dann hoffen wir beide mal, dass Sie niemals in so eine Situation geraten«, kommentierte Wiebke.

»Wissen Sie, Hilke ist da ganz anders als ich«, erklärte der Schriftsteller. »Sie ist auf dem Land groß geworden. Hat gelernt, mit anzupacken. Hat in der Ernte ausgeholfen. Sie hat mir mal erzählt, wie sie geholfen hat, ein Kalb auf die Welt zu bringen.« Meyberg trabte schnaufend neben der Kommissarin her. »Deswegen lasse ich sie gerne solche Passagen schreiben. Die Sachen, die aus dem Leben gegriffen sind, die kann sie wirklich gut schildern.«

Sie waren am Büro des Platzwarts angekommen. Die Tür stand offen. Irgendwo im Innern dudelte ein Radio.

Wiebke trat auf die Schwelle und klopfte gegen die eingehakte Tür. »Hallo? Ist jemand hier?«

»Kleinen Augenblick«, ertönte eine männliche Stimme aus einem Nebenraum, in dem sich auch das Radio befinden musste.

Eine Tür wurde geöffnet. Ein Schatten tauchte auf, blieb für zwei Sekunden stehen. Dann setzte er sich in Bewegung und wurde zu einem leicht untersetzten Mann mit Halbglatze, Badelatschen und weißem T-Shirt mit dem Wappen von Spiekeroog auf der linken Brust.

»Moin«, sagte er.

»Moin«, sagte auch die Kommissarin. Damit war so weit das Wichtigste geklärt. Was nun kam, konnte nur noch Nebensache sein.

»Mein Name ist Wiebke Eden. Ich bin die neue Inselkommissarin. Sie könnten mir mit einer Auskunft behilflich sein.«

Der Platzwart fuhr sich mit der flachen Hand über sein Gesicht. »De oole Mattern kriegt mol wedder Unterstützung für'n Sommer, wa? Und denn so'n lütten Deern.« Er war mit der Hand bei seiner hohen Stirn angekommen und knibbelte mit spitzen Fingern auf seinem Kopf herum. »Sie tun mir jetzt schon leid.«

»Ähem … wieso das?«, fragte Wiebke.

Der Mann verengte seine Augen zu Schlitzen. »Hat man Ihnen denn nichts über Mattern gesagt?«

»Was hätte man mir denn zum Beispiel sagen sollen?«

»Dass der Kerl keine Menschen mag, zum Beispiel.« Der Platzwart setzte ein süffisantes Grinsen auf. »Und das bezieht sich auch auf Frauen. Oder … wollen mal sagen … besonders auf Frauen.«

»Was Sie nicht sagen.«

Der Mann deutete auf seinen Hals, an dem es außer einem Goldkettchen, das unter seinem Shirt verschwand, nicht das Geringste zu sehen gab. »Er ist mir mal an den Kragen gegangen. Einfach so.« Der Platzwart knüllte sein Hemd am Hals zusammen. »Und wissen Sie, wieso? Wollen Sie das wissen? Wa?«

»Nein«, antwortete die Kommissarin.

»Nur weil ich ihm gesagt hab, dass wir unsere Angelegenheiten hier auf dem Platz selbst regeln. Wenn hier was wegkommt, taucht das nämlich sowieso von selbst wieder auf.

Ganz egal, was es ist. Ist nur eine Frage der Zeit. Na, das hat er nicht wahrhaben wollen und hat hier stattdessen einen auf dicke Hose gemacht. Und dass is nu Ihr Chef.« Er winkte ab. »Na, denn mal viel Spaß noch.«

»Nicht ganz so eilig«, fuhr Wiebke dazwischen. »Herr …«

Der Platzwart blinzelte sie gegen das Licht an. »Bodil Brodersen.«

Wiebke Eden baute sich vor dem Mann auf. »Ich bin hier wegen einer Auskunft, Herr Brodersen. Ich würde gerne wissen, wo ich das Zelt von Herrn Lothar Heitmann finde.«

»Heitmann«, wiederholte Brodersen. Und dann noch einmal: »Heitmann.« So als müsse er sich erst an den Namen erinnern. Als er sich leicht vornüberbeugte, wurden seine Augen wieder eng. »Was wollen Sie denn von dem?«

»Das ist vertraulich«, gab die Kommissarin zurück.

Brodersen schlurfte zu seinem Schreibtisch, auf dem eine aufgeschlagene Zeitung lag. Daneben ein Holzbrett mit einem angebissenen Wurstbrötchen. Er ließ sich geräuschvoll auf den betagten Drehstuhl fallen, dessen Sitzpolsterung an mehreren Stellen aus geplatzten Nähten quoll.

»Ja, da brauch ich ja erstmal Ihren Dienstausweis.« Brodersen griff, ohne hinzusehen, nach seinem Brötchen und biss herzhaft davon ab. Krümel fielen auf sein T-Shirt. Er fegte sie mit einer routinierten Bewegung weg.

»Meinen … Dienstausweis?« Wiebke Edens Augen weiteten sich.

Er nickte, fegte dabei weitere Krümel weg. »Ja, oder was Sie so haben. Ich meine, da könnte ja jeder kommen und was fragen. Und am Ende stellen Sie mir den ganzen Platz auf den Kopp.«

Wiebke erhielt einen dezenten Knuff in die Seite, drehte sich um und blickte in Meybergs Gesicht. Der Schriftsteller verzog eine Grimasse, nickte unauffällig in Brodersens Richtung und tippte sich dabei an die Stirn.

»Hören Sie«, sagte Wiebke, als sie einen Schritt auf den Schreibtisch des Mannes zutrat. »Ich habe erst morgen offiziell meinen ersten Tag. Ich habe meinen alten Ausweis abgegeben und bekomme frühestens in den nächsten Tagen einen neuen ausgestellt. Sie wollen doch jetzt nicht ernsthaft versuchen, mir Schwierigkeiten zu machen?«

Brodersen dachte sehr lange über diese Frage nach. Kauend. Dabei entdeckte er flüssig gewordene Butter an seinem rechten Daumen und leckte sie mit seiner dicken, feucht-fleischigen Zunge ab.

»Na, dann wollen wir mal nicht so sein, hm?« Er zwinkerte der Ermittlerin gönnerhaft zu und beugte sich auf seinem Drehstuhl nach rechts. Er zog die oberste Schublade seines Schreibtischs auf und holte ein Klemmbrett heraus, an dem einige häufig durchgeblätterte Zettel befestigt waren. Brodersens Daumen machte sich wieder auf die Reise und schnellte durch die Unterlagen, bis er offenbar gefunden hatte, wonach er gesucht hatte. Mit einem Ächzen erhob sich Brodersen und schlurfte zwischen Wiebke Eden und Meyberg durch bis zur Tür. Er streckte seinen rechten Arm aus und deutete in die Dünenlandschaft hinein.

»Sehen Sie das Zelt da?«

»Da stehen Dutzende«, gab Meyberg zu bedenken. Alle drei blinzelten gegen das allgegenwärtige Sonnenlicht.

»Das große olivgrüne meine ich.«

»Ja«, antwortete Wiebke. »Sehen wir.«

»Gut. Das ist es nämlich nicht.«

»Wie bitte?«

Brodersen ließ seinen Arm zwei Zentimeter weiter schwenken. »Das kleine sandfarbene daneben. Das ist es. Das gehört …«, er warf einen Blick auf sein Klemmbrett, »zu Herrn Heitmann.«

»Na, dann haben wir's ja«, sagte Meyberg und drängte sich an Brodersen vorbei ins Freie. Im Weggehen und ohne sich umzudrehen, fügte er hinzu: »Schönen Dank auch. Sie waren uns eine unglaubliche Hilfe.«

Brodersen starrte Wiebke giftig an. »Was ist das denn für'n Typ? Sie sollten Ihrem Assi sagen, dass er sich für so 'ne freche Bemerkung schnell mal eine einfangen kann. Und da ist es mir egal, ob der von der Polizei ist oder nicht.«

Wiebke überlegte für eine Sekunde, ob sie den Irrtum des Platzwarts aufklären sollte, entschied sich aber dagegen, weil sie tatsächlich befürchtete, Brodersen würde Meyberg dann nachträglich noch an die Gurgel gehen. Wie auch immer, sie konnte sich lebhaft vorstellen, wie gut Brodersen und Mattern bisher miteinander ausgekommen waren.

Sie bedankte sich bei dem Platzwart und trat zu Meyberg in die Sonne hinaus.

»Nicht umdrehen«, flüsterte der Schriftsteller. »Der Kerl steht immer noch in der Tür und sieht uns nach.«

»Kein Wunder«, antwortete Wiebke, »wir sind wahrscheinlich für ihn die Attraktion des Tages.«

»Wer weiß«, sagte Meyberg geheimnisvoll. »Wer weiß.«

Das sandfarbene Zelt war inmitten der spärlich bewachsenen Dünen kaum auszumachen. Insofern erwies sich Brodersens Beschreibung als durchaus hilfreich.

Der Zelteingang war geöffnet, das untere Ende der Zeltplane wurde leicht vom Wind hin und her bewegt.

Vor dem Zelt nebenan war ein Mann damit beschäftigt, einige nasse Kleidungsstücke auf einer provisorisch gespannten Wäscheleine aufzuhängen. Er selbst trug nur eine knappe blaue Badehose. Seine Haut glänzte braun, fast bronzefarben. Ein Geruch von Sonnenmilch lag in der Luft.

Als Wiebke und Meyberg näher kamen, war er gerade mit dem letzten Badelaken beschäftigt, das er mit zwei hölzernen Wäscheklammern an der Leine befestigte.

»Moin«, rief er und deutete mit der letzten Klammer zum Nachbarzelt hinüber. »Falls Sie zu Herrn Heitmann woll'n – der is nich da.«

Wiebke und ihr Begleiter kamen näher und blieben zwischen den beiden Zelten stehen. »Wir scheinen heute kein Glück zu haben«, stellte sie fest. »Können Sie mir sagen, wo Herr Heitmann hin ist?«

Der Zeltnachbar reckte seinen Kopf über die Leine und sah sich nach allen Seiten um. »Der kann nicht weit sein. Vielleicht ist er nur ma eben bei die Bude.« Der Mann schmunzelte, kam hinter der Wäscheleine hervor. »Eben schnell wat besorgen. Für seinen Damenbesuch vielleicht.«

Wiebke und Meyberg tauschten einen kurzen Blick miteinander.

»Sind Sie ein Bekannter von Herrn Heitmann?«, fragte die Kommissarin.

Der Zelter lachte und winkte ab. »Nein, nein. Wir ham uns erst vorgestern kennengelernt. Gerdes ist mein werter Name. Ich bin aus'm Pott, wie Sie bestimmt schon an meinem Slang gehört haben. Aus Essen, um genau zu sein. Essen-Rüttenscheid, wenn Sie's ganz genau wissen woll'n.«

Er reichte den beiden Ankömmlingen die Hand. Ein fester Druck. Sein wachsamer Blick wanderte zwischen der Kommissarin und dem Schriftsteller hin und her.

»Sie und Herr Heitmann zelten schon seit zwei Tagen hier, wenn ich das richtig verstanden habe«, fasste Wiebke zusammen.

»Nich wahr?« Gerdes nickte einmal eifrig, drehte sich dann zu seinem Campingstuhl um und fischte eine Dose Bier aus der Getränkehalterung. Er setzte sie an und leerte sie aus dem Stand bis zur Hälfte. »Bin schomma vorgefahr'n. Meine Frau kommt nächste Woche mit die beiden Blagens nach. Bei denen is ja noch Schule.«

Wiebke Eden trat einen Schritt näher. Irgendwo in Heitmanns Zelt begann ein Handy zu klingeln.

»Sie erwähnten gerade Damenbesuch. Kennen Sie die Frau vielleicht oder können Sie sie uns beschreiben?«

Gerdes verscheuchte mit seiner freien Hand eine Fliege, die ihn umsurrte. »Sagen Sie, junge Dame … sind Sie vielleicht vonne Polizei?«

»Erraten.« Sie nickte. »Wenn Sie meinen Ausweis sehen wollen …«

Der Zelter winkte ab. »Nää, datt hab ich schon von Weitem gesehen, datt Sie keine Urlauberin oder Badegäste sind. Ihr Begleiter da auch nich.« Gerdes ließ seinen Blick kurz auf Meyberg ruhen und fügte ein wenig mitfühlend hinzu: »Nix für ungut, aber datt sieht man echt schon auf zwei Meilen, datt Sie wegen watt anderes unterwegens sind.«

»Um auf meine Frage von gerade eben zurückzukommen«, setzte die Kommissarin neu an.

»Ach so, ja. Nää, die Dame is mir weiter nich bekannt. Tauchte vor 'ner Stunde oder zwei auf. Genau kann ich datt gar nich sagen. War am Strand, wissen Sie?« Er deutete auf einen Ort irgendwo jenseits seiner Wäscheleine.

Im Zelt nebenan hörte das Klingeln des Handys auf und setzte nach ein paar Sekunden Pause wieder ein.

Gerdes gab eine kurze und knappe Beschreibung einer Frau ab, bei der es sich nur um Hilke Fock handeln konnte.

»Ich hab sie getz auch nur kurz gesehn. Ist direkt zu ihm rein. Waren da drin dann am Palavern.«

»Haben Sie zufällig etwas aufschnappen können?«, wollte Wiebke wissen.

Gerdes tat erschrocken und fasste sich mit seiner Linken an die Brust. »Nää, ich würd doch niemals ein Ohr riskieren. Macht man unter Campern doch nich. Außerdem bin ich dann ja auch gleich weg, ins Wasser. Morgens hat man den Strand nämlich noch fast für sich alleine, wissen Sie?«

Das wusste die Kommissarin noch nicht, trotzdem nickte sie. Sie legte zum Gruß lässig zwei Finger gegen ihre Stirn unter dem brünetten Ponyschnitt. »Tja, dann vielen Dank für die Auskünfte, Herr Gerdes, und weiter viel Spaß auf Spiekeroog. Prost.«

Gerdes grinste und hob seine Bierdose an. »Prost, nich wahr?«

Die Kommissarin drehte sich zum Nachbarzelt um. Das Handyläuten erstarb mitten in der Melodie.

»Und was haben Sie jetzt vor?«, fragte Meyberg leise, während sie sich dem Zelt Heitmanns zuwandten.

»Was macht Gerdes jetzt?«, fragte die Kommissarin leise zurück.

Der Schriftsteller riskierte einen vorsichtigen Blick über seine rechte Schulter. »Ist in seinem Zelt verschwunden, glaube ich. Macht sich vielleicht noch ein Bottroper Bier auf.«

Wiebke grinste, beschleunigte ihre Schritte und war im nächsten Augenblick im Halbdunkel des niedrigen Zelts eingetaucht.

Keine zwei Sekunden später folgte ihr Meyberg.

»Nur, dass das klar ist«, stellte die Kommissarin richtig. »Streng genommen dürfte ich das hier gar nicht tun. Und Sie ebenso wenig.«

Meyberg grinste nun ebenfalls. Danach nahm sein Gesicht verschwörerische Züge an. »Ich weiß. Hausfriedensbruch, richtig? Lassen Sie uns doch einfach annehmen, wir seien zwei Krähen. Sie wissen schon … die hacken sich doch bekanntlich nicht gegenseitig die Augen aus.«

»Schon klar«, antwortete Wiebke. Sie hatten die Köpfe eingezogen. Im Zelt roch es muffig. Die Luft war abgestanden und hatte sich bereits durch die ersten Sonnenstrahlen des Tages unangenehm aufgeheizt. Kein Wunder, dass Heitmann und Hilke Fock es hier drinnen nicht lange ausgehalten hatten.

Die Kommissarin blickte sich um. Viel zu sehen gab es nicht. Jetzt, wo sich ihre Augen an die veränderten Lichtverhältnisse gewöhnt hatten, erkannte sie am Boden die ausgerollte Isomatte und den Schlafsack. Auf einem Campinghocker lagen ein Kissen und ein paar Kleidungsstücke vom Vortag.

Auf einem kleinen Klapptisch ein umgedrehtes Buch. Meyberg wollte die Finger danach ausstrecken.

»Ah-ah«, mahnte die Kommissarin. »Nichts anfassen, klar?«

Der Schriftsteller lächelte flüchtig. »Sorry. Das ist sowas wie 'ne Berufskrankheit.« Er beugte sich über den Tisch und legte den Kopf schief, um den Titel lesen zu können.

»Ah. Stefan Albertsen. *Die Leiche am Westerdeich*. Spielt in Ostfriesland. Den Autor kenne ich sogar persönlich. Wir haben uns mal in Köln auf einer Convention getroffen.« Meyberg warf Wiebke einen kurzen Blick zu. »Wenigstens hat der ominöse Zelter einen guten Buchgeschmack. Ich frage mich nur, was Hilke von ihm will.«

In diesem Augenblick begann das Handy wieder zu klingeln. Es lag auf dem Tisch neben dem Buch. Die Tischplatte vibrierte, und das Gerät setzte sich wie von selbst in Bewegung.

»Jetzt interessiert es mich aber doch, wer da so hartnäckig ist«, sagte die Kommissarin und griff nach dem Telefon.

Sie blickte auf das Display und hielt in der Bewegung inne. Sie hatte das Gefühl, dass ihr die anrufende Nummer etwas sagen sollte. Ihr Finger streckte sich nach der grünen Annahmetaste aus. Da verdunkelte sich plötzlich hinter ihnen der Zelteingang. Ein Schatten tauchte auf.

Kapitel 15

Robert Meyberg wirbelte auf der Stelle herum und stieß einen überraschten Laut aus.

Wiebke Eden drehte den Kopf in Richtung des Zelteingangs, wo ein gleißender Lichtstrahl den hünenhaften Schattenumriss einhüllte. Die Gestalt blieb breitbeinig im Einlass stehen, wie ein nordischer Gott. Anstelle von Thors Hammer hielt er jedoch ein Handy in der Hand.

Hauptkommissar Hinrich Mattern machte ein grimmiges Gesicht, als er die rote Taste drückte und das Telefon in seiner Westentasche verschwinden ließ.

Das Klingeln im Zelt verstummte ein weiteres Mal.

»Was hat das zu bedeuten?«, fragte Mattern. Sein unwirscher Blick haftete schwer auf Wiebke Eden. Den Schriftsteller an ihrer Seite schien er gar nicht wahrzunehmen.

Die Kommissarin legte das fremde Handy langsam auf den Tisch mit der Kunststoffplatte zurück. »Ich weiß, wer der Tote ist«, erklärte sie ruhig und langsam.

»Herwig Camphuusen«, antwortete Mattern ohne ein Zeichen einer menschlichen Regung. »Wie Sie auf diese Spur gekommen sind, will ich wissen.«

Wiebke Eden blickte betreten drein.

»Das ist eine lange Geschichte«, presste sie nach einer Weile heraus. »Sie wollen vermutlich wissen, was ich hier mache und wie ich hierhergekommen bin. Schön. Ich bin einer Journalistin hierher gefolgt, die in einer Verbindung zum Mordopfer stand. Ihr Name ist Hilke Fock. Dies hier ist im Übrigen ihr Kollege Herr Meyberg. Die beiden schreiben auf Spiekeroog zusammen einen Kriminalroman.«

»Aber nur mit ausgedachten Leichen«, fügte Meyberg hinzu und lächelte den Kommissar entschuldigend an.

Mattern schien ihn noch immer nicht zu beachten.

»Es ist nicht auszuschließen, dass Frau Fock ein Motiv für den Mord hatte«, fuhr Wiebke fort. »Ich kam hierher, um ihr Alibi zu überprüfen. Und das von Herrn Heitmann bei der Gelegenheit gleich mit. Ihm gehört nämlich dieses Zelt.«

Mattern sagte nichts. Wie in Zeitlupe löste er sich von der Stelle, an der er so lange ausgeharrt hatte. Auch er musste den Kopf einziehen, um nirgends anzuecken. Sein Blick wanderte aufmerksam umher. Er griff nach dem Handy auf dem Tisch, wobei er es vorsichtig zwischen Daumen und Zeigefinger der rechten Hand anfasste, um es dann in einem kleinen Plastikbeutel verschwinden zu lassen.

Draußen vor dem Zelt bellte ein Hund.

»Gleich, mein Junge«, grollte Mattern. »Wenn ich hier drinnen fertig bin.« Dabei funkelte er Wiebke Eden garstig an.

»Hören Sie, Mattern«, sagte die Ermittlerin, »ich weiß, das hier ist vielleicht nicht der geeignetste Moment, aber … können wir nicht einfach irgendwie nochmal von vorne anfangen?«

Mattern sah sie für zwei Sekunden an und wandte dann den Blick in Meybergs Richtung. »Haben Sie hier im Augenblick irgendeine Funktion?«

Der Schriftsteller machte dicke Backen. »Man könnte es so sehen, dass … eigentlich nicht.«

»Würden Sie dann wohl bitte draußen warten?«, fragte der Kommissar ruhig.

Meyberg nickte knapp, tauschte einen kurzen Blick mit Wiebke Eden und machte sich dann daran, das Zelt zu verlassen.

Draußen traf er auf Marlowe, der ihn mit einem argwöhnischen, halb fragenden Laut begrüßte.

Im Zelt war es still. Die Geräusche vom Zeltplatz drangen wie aus weiter Ferne zu ihnen herüber.

Mattern fuhr sich mit der Hand über sein stoppeliges Kinn. Irgendwann hielt er in der Bewegung inne. Das scharrende Geräusch verstummte.

»Können Sie mir mal erklären, was Sie sich dabei gedacht haben?«

Wiebke Eden blickte in die unergründlich dunklen Augen des Kommissars. Er wirkte in diesen Sekunden durch die Schatten, die auf sein Gesicht fielen, älter, als er war. Vermutlich auch bedrohlicher als beabsichtigt, obwohl sie sich in diesem Punkt nicht ganz sicher war, und definitiv angriffslustiger als ein Nilpferdbulle auf der Flucht.

»Was genau meinen Sie?«, fragte die Kommissarin zurück.

Matterns Blick wurde bohrender, schien sie regelrecht aufzuspießen. »Das wissen Sie verdammt genau! Was haben Sie hier zu suchen?«

»Ich wollte nur …«

»Sie sind hier widerrechtlich eingedrungen«, platzte der Hauptkommissar dazwischen. »Und das Ganze streng genommen auch noch als Zivilistin, denn Sie sind noch gar nicht im Dienst.« Mattern deutete mit einem Daumen in Richtung des Zelteingangs. »Heitmann könnte Sie wegen Hausfriedensbruch anzeigen.«

»Ich will nicht klugschnacken«, antwortete Wiebke vorsichtig, »aber gilt das nicht genauso für Sie? Sie wollen mir doch nicht weismachen, dass Sie auf die Schnelle von irgendwo einen Durchsuchungsbeschluss erwirkt haben?«

Mattern wandte sich halb ab und murmelte: »Ich habe wenigstens einen triftigen Grund.«

»Und glauben Sie, den habe ich nicht?«

Die beiden Beamten starrten sich für eine geraume Weile an. Die Stille im Zelt machte sich nun unangenehm bemerkbar und lastete schwer auf ihnen.

Mattern war es schließlich, der als Erster etwas erwidern wollte, doch er kam nicht mehr dazu.

»Hey, Hilke!«

Der Ruf Meybergs ließ die beiden Beamten im Zelt zusammenfahren.

»Hier drüben! Hallo!«

»Dieser verdammte Idiot«, zischte Mattern. »Was macht er denn?«

»Normalerweise schreibt er Bücher«, murmelte Wiebke und fing sich dafür einen erneuten giftigen Blick ihres neuen Vorgesetzten ein.

Vor dem Zelt ein Winseln. Marlowe wurde unruhig, spürte offenbar, dass sich hier etwas tat, was seinem Herrn nicht nach der Mütze war.

Mattern trat an den Eingang heran, um nach draußen zu sehen, darauf bedacht, sich nicht aus den Schatten herauszubewegen.

Zwei Personen näherten sich über das Gelände, ein Mann und eine Frau.

Vor dem Zelt stand Meyberg und winkte.

»Die Frau rechts ist die Journalistin Hilke Fock«, flüsterte Wiebke, die halb hinter den Hauptkommissar getreten war. »Ist mehrfach und zu verschiedenen Anlässen mit Camphuusen aneinandergeraten und wurde auch in Verbindung mit einigen militanten Vereinigungen gebracht. Hat reichlich seltsam darauf reagiert, als ich sie mit Camphuusens Tod konfrontierte. Ich kam hierher, um ihr Alibi zu überprüfen.«

»Das macht Ihre Aktion hier nicht besser«, raunte Mattern.

Sie beide blickten am Rand der Zeltplane entlang nach draußen.

Die beiden Personen hatten ihr Tempo deutlich verlangsamt. Sie gingen wie zwei Auswechselspieler, die genau wussten, dass ihr Team kurz vor Spielende knapp in Führung lag.

»Der ahnt was«, flüsterte Mattern, wohl mehr zu sich als zu seiner neuen Kollegin.

Wiebke sah die beiden noch langsamer werden und schließlich stehen bleiben. Eine Aktion, die offenbar von Heitmann ausging. Zumindest bildete sich die Kommissarin ein, einen fragenden Ausdruck auf Hilke Focks Gesicht zu erkennen. Die Journalistin zupfte den Mann am Ärmel seines Hemds. Beide starrten zum Zelt hinüber, als hätten sie dort in den Schatten eine Bewegung ausgemacht. Und dann riss er sich los.

»Scheiße«, flüsterte Mattern und setzte sich im selben Augenblick in Bewegung. In der nächsten Sekunde war er im Freien. Auch Wiebke Eden katapultierte sich nach vorn und starrte über die Fläche auf Heitmann, der kehrtgemacht hatte und plötzlich auf den Kiosk zurannte.

Im nächsten Moment wusste die Kommissarin auch, wieso. Der Inselspediteur hatte dort gerade seine Ware abgeladen und machte sich daran, das Gelände mit seinem Elektrokarren zu verlassen.

Wiebke Eden sprintete, ohne zu überlegen, los. Sie setzte über ein halbes Dutzend Zeltschnüre hinweg und jagte auf den Kiosk zu. Irgendwo hinter ihr hörte sie eine wütende Stimme. Die mochte zu Mattern oder jemandem gehören, dem sie versehentlich mit ihrem rechten Schuh einen Hering aus dem Sand gezogen hatte, es war ihr in dieser Sekunde egal.

In etwa dreißig Metern Entfernung fuhr der Elektrokarren an. Er zog einen offenen und mittlerweile leeren Anhänger hinter sich her.

Knapp dahinter war Heitmann, der sich beinahe überschlug, um den Hänger noch zu erreichen.

»Halt!«, schrie Wiebke. »Sofort anhalten!«

Der Fahrer schien sie nicht zu bemerken. Sein Fahrzeug war rundum geschlossen. Er beschleunigte weiter und würde sehr bald die Distanz zwischen sich und der Kommissarin rasch vergrößern.

Heitmann hatte den Hänger erreicht. Mit letzter Not, wie es schien. Er klammerte sich an den eisernen Querstreben fest, die anderntags das Gerüst für eine Plane bildeten. Der Mann hing für eine Sekunde oder zwei hilflos am Hänger, dann fanden seine Füße auf dem Asphalt wieder Tritt, und es gelang ihm sogar, seinen Körper ins Innere des Hängers zu hieven.

Wiebke Eden rannte weiter. Noch holte sie auf.

Badetouristen und Zelter kamen ihr entgegen, sahen sie verwundert an und blickten ihr hinterher.

Nur noch wenige Meter. Wiebke hörte, wie der Spediteur weiter beschleunigte. Die Räder des Anhängers rumpelten schneller.

Dann hatte sie das Gefährt erreicht.

Heitmann starrte sie an, mit Panik in den Augen. Er saß platt am Boden des Hängers. Als er Wiebke erblickte, rappelte er sich ungeschickt auf, prallte noch einmal auf seinen Hintern, weil der Karren eine leichte Rechtskurve beschrieb. Beim nächsten Versuch hatte er mehr Glück. Heitmann kam auf die Knie und tastete sich an das Gestänge heran.

Auch die Kommissarin streckte ihre Hand danach aus. Wiebke bekam eine Stange zu fassen. Eine kräftige Hand legte sich um ihre und drückte im gleichen Moment erbarmungslos zu.

Die Kommissarin schrie überrascht auf, ließ jedoch nicht los. Sie versuchte, mit dem immer schneller werdenden Fahrzeug Schritt zu halten.

»Loslassen!«, brüllte sie Heitmann entgegen.

Das Gesicht des Mannes war verzerrt. Wie eine Maske, die unter die Räder gekommen war. Seine Zähne waren aufeinandergepresst und auf seiner Stirn zeigten sich mehrere tiefe Furchen. Heitmann ächzte.

Der Druck auf Wiebkes Hand verstärkte sich. Gleichzeitig hatte der Karren beinahe Höchstgeschwindigkeit erreicht. Sie spürte, dass sie nur noch wenige Sekunden das Tempo würde mithalten können.

Und noch immer schien der Fahrer nicht das Geringste von dem zu bemerken, was sich nur drei bis vier Meter hinter ihm abspielte.

Die Kommissarin und der Flüchtende. Nur wenige Zentimeter trennten sie voneinander. Ihre Blicke begegneten sich. Niemand sagte ein Wort.

Heitmann besaß schier unmenschliche Kräfte. Er drückte immer fester zu. Der Schmerz schoss der Kommissarin bis in die Schulter hinauf. Etwas in ihrer Hand knackte.

Sie schrie auf. Hell und schrill.

Auch Heitmann rief etwas. Aber das ging im Lärm unter.

Plötzlich war sie frei.

Wiebke Eden war darauf nicht vorbereitet gewesen. Hilflos taumelte sie weiter, von der Geschwindigkeit des Karrens mitgezerrt. Sie geriet ins Straucheln, während sich der Abstand zwischen ihr und Heitmann rasch vergrößerte.

Ein Schatten huschte in aberwitzigem Tempo an ihr vorbei. Sie hörte das Hundebellen, bevor sie der Länge nach auf dem Asphalt hinschlug.

Der Anhänger mit dem Flüchtenden darauf verschwand aus ihrem Blickfeld.

Sie versuchte sich aus dem Reflex heraus abzustützen und schrammte mit dem ohnehin schon geschundenen Handballen über den harten Untergrund. Durch den abrupten Aufprall wurde sie gute zwei Meter weiter geschleudert.

Marlowe bellte wie verrückt.

Wiebke nahm am Rande der Ereignisse ein Geräusch wahr, bei dem es sich um das Quietschen einer Bremse handeln konnte.

Schritte näherten sich von hinten. Jemand packte sie unsanft bei den Schultern und riss sie grob in die Höhe.

Sie starrte in Matterns Gesicht.

»Sind Sie in Ordnung?«

Sie blickte zu ihm auf, kaum fähig zu sprechen. Seine Nase kam ihr überdimensional groß vor. Auch die Augen, die in ihrem Blick nach etwas zu suchen schienen. Und die Brauen darüber. Nicht unattraktiv.

»He! Ob Sie in Ordnung sind!« Mattern rüttelte sie an der Schulter.

»Ja«, presste sie hervor und gab sich Mühe, es nicht wie einen Schmerzenslaut klingen zu lassen.

»Dann holen wir uns jetzt diesen Mistkerl!«

Mattern ließ sie unvermittelt los. Wiebke nickte, taumelte und versuchte, sich gleichzeitig zu orientieren.

Sie hatten sich erschreckend weit vom Zeltplatz entfernt. Der Elektrokarren war auf freier Strecke stehen geblieben. Der Fahrer war aus seinem Gefährt auf die Straße gesprungen und kam auf sie zugelaufen.

Heitmann war verschwunden!

Nein. Im selben Augenblick sah Wiebke Eden ihn in den Dünen auftauchen. Er musste vom Hänger gesprungen und kurzerhand zur Seite weggetaucht sein.

Aus Wiebkes Perspektive hüpften sein Kopf und ein Teil seines Oberkörpers bei jedem zweiten Schritt aus der Dünenlandschaft heraus, um sofort danach wieder zu verschwinden.

Kommissar Mattern war hinter ihm. Die beiden Männer trennten vielleicht drei Meter.

Erneut setzte Wiebke sich in Bewegung. Ihre Jeans war zerrissen, das rechte Knie blutig. Den Schmerz spürte sie nicht einmal. Ihre rechte Hand allerdings fühlte sich an, als sei sie um das Doppelte angeschwollen. Etwas darin hämmerte und pochte. Verdammt, dieser Mistkerl hatte ihr am Ende tatsächlich die Hand zerquetscht.

Sie humpelte von der Straße, ignorierte dabei den Fahrer, der ihr etwas zur Entschuldigung zurief. Im nächsten Moment befand sie sich in den Ausläufern des Dünensands. Das Betreten des gesamten Geländes war streng verboten, zum Schutz der Dünen und der Brutvögel, die darin nisteten.

Ausnahmen bestätigten die Regel. Wiebke Eden war eine davon.

Sie erkannte im Laufen, wie ihr neuer Kollege und Vorgesetzter Mattern langsam aufholte. Der Schnellste schien er dabei auch nicht zu sein, aber das traf auf Heitmann, der möglicherweise schon einen Großteil seiner Kraftreserven aufgebraucht hatte, ebenfalls zu.

Das Laufen im Dünensand erwies sich als nicht gerade einfach. Dennoch schleppte sich die Kommissarin weiter. Sie brachte das Kunststück fertig, kein weiteres Mal zu straucheln. Im Gegenteil fand sie sich mit den veränderten Verhältnissen schnell zurecht und holte sogar auf.

Sie erkannte Marlowe, der Heitmann längst eingeholt hatte und um den Fliehenden herumsprang.

Heitmann versuchte, nach dem Tier zu treten, was ihn ins Straucheln brachte. Er fiel vornüber in den Sand.

Gerade als er sich wieder aufrappeln wollte, wurde er von Mattern gepackt und mit beiden Fäusten in die Höhe gerissen.

Was sich als Fehler erwies, denn Heitmann schlug aus dem Nichts heraus zu und traf den Kommissar mitten ins Gesicht.

Wiebke konnte den klatschenden Laut bis hierher hören.

Heitmann wirbelte herum. Sand spritzte auf. Marlowe knurrte und bellte abwechselnd und gebärdete sich wie toll.

Der Verdächtige machte sich daran, eine spärlich bewachsene Sanderhebung raufzulaufen. Da war Wiebke heran. Sie warf sich nach vorne und bekam den Mann am Hosenbein zu fassen.

Heitmann schrie auf, wankte und schlug in den Sand. Auch Wiebke wurde nach vorne gerissen und verlor das Gleichgewicht. Heitmann rollte ihr unbeholfen entgegen und riss sie mit sich. Beide kamen sie ins Trudeln.

Wiebke ächzte unter dem Gewicht des Mannes. Sand knirschte zwischen ihren Zähnen.

Über ihr Heitmann, das Gesicht feuerrot, die Haare wirr. Er holte zum Schlag aus.

Da schoss wie aus dem Nichts ein Fuß in Wiebkes Blickfeld.

Der Tritt traf Heitmann seitlich an der Schulter und ließ ihn vor Schmerz, Überraschung und einer gehörigen Portion Wut aufschreien. Er wurde zur Seite gefegt, und noch ehe er reagieren konnte, hatte Mattern ihn gepackt und ihm den rechten Arm auf den Rücken gedreht.

Ein markerschütternder Schrei gellte durch die Dünen.

Wiebke rappelte sich auf. Sie stapfte durch den tiefen Sand näher ans Geschehen heran.

Als sie die Männer erreichte, legte sich ein Paar Handschellen um Heitmanns Handgelenke. Der Verdächtige stand vornübergebeugt, keuchte, spuckte immer wieder Sand aus und tat ganz so, als sei er dem Tod näher als dem Leben.

Wiebke Eden blieb neben ihrem Vorgesetzten stehen. Sie deutete mit ihrer gesunden Hand auf Heitmann.

»Ich habe Ihnen meine Geschichte erzählt«, keuchte sie. »Aber warum sind Sie eigentlich hinter ihm her?«

Mattern wischte sich mit seinem rechten Unterarm den Schweiß von der Stirn. Dabei behielt er Heitmann sorgfältig im Auge.

»Ich habe Camphuusens Handyanbieter ausfindig machen und die Verbindungsdaten prüfen lassen. Er hat in der Nacht vor seinem Tod noch zwei Anrufe erhalten.« Er bäumte sich auf, versuchte, zu Atem zu kommen. »Dreimal dürfen Sie raten, von welcher Nummer.«

»Verstehe«, antwortete die Kommissarin mit einem Blick auf Heitmann, der nun fast reglos und mit gesenkten Schultern im Sand stand. Unterwegs musste er irgendwo seinen rechten Schuh eingebüßt haben.

»Na, dann sollten wir uns diesen Herrn wohl mal vorknöpfen«, sagte sie.

Ihre Augen verengten sich zu Schlitzen, als sie registrierte, dass Mattern seinen Kopf schüttelte.

»Wir werden gar nichts tun«, entschied er und deutete auf Wiebkes Verletzungen. »Das heißt … ich schon, aber Sie nicht. Jedenfalls nicht, solange Sie das da nicht von jemandem untersuchen lassen.«

»Aber …«

Mattern hob warnend die rechte Hand. »Keine Diskussionen. Fragen Sie die Klett.«

»Was?«

»Frau Doktor Klett.« Mattern rollte mit den Augen. »Die wird Ihnen was geben oder einen Verband anlegen. Da kann selbst sie wohl nichts falsch machen.«

Wiebke wollte sich vor ihrem Vorgesetzten aufbäumen, doch zum einen war sie einen halben Kopf kleiner als er und zum anderen bemerkte sie, dass sie bis über die Knöchel im weichen Dünensand eingesunken war.

Trotzdem stemmte sie beide Hände in ihre schmalen Hüften und reckte ihr Kinn angriffslustig vor.

»Was genau ist eigentlich Ihr Problem? Ignorieren Sie mich, weil ich eine Frau bin? Oder was?«

Mattern sah sie ernst an. Seine Augen funkelten. Dann entspannten sich seine Züge einen Deut und er stieß ein sandiges Lachen aus. »Nicht das auch noch, bitte.«

Er wollte sich abwenden, doch Wiebke hielt ihn am Hemdsärmel fest. »Dann erklären Sie es mir. Ich würde es nämlich furchtbar gern wissen. Und nicht irgendwann, sondern jetzt und hier!«

Er wollte etwas sagen, schloss jedoch seine Lippen wieder. Er sah auf sie herab, schüttelte leicht den Kopf.

»Sie geben wohl nie Ruhe, was?«

»Nein.«

»Gut«, sagte Mattern und blickte dabei zu Heitmann hinüber, der sich langsam wieder zu rühren begann, wenngleich seine Kraftreserven jedoch aufgebraucht schienen.

»Ich habe dieser zweiten Stelle auf Spiekeroog nie zugestimmt«, fuhr der Hauptkommissar fort. »Ich wollte sie auch nie. Ganz egal, ob mir da nun ein Mann oder eine Frau gegenüberhockt. Das ist einfach über meinen Kopf hinweg entschieden worden.«

»Vielleicht gab es Gründe für diese Entscheidung«, entgegnete Wiebke angriffslustig.

»Ich komme hier sehr gut allein zurecht«, sagte Mattern.

»Ach ja? Komischerweise habe ich bis jetzt von jedem, den ich getroffen habe, etwas anderes dazu gehört.«

Stille. Wiebke Eden fürchtete für einen Moment, den Bogen überspannt zu haben. Was hatte sie sich nur dabei gedacht? Der Mann war ihr Vorgesetzter, ob ihr dieses Detail nun passte oder nicht. Zudem war er ein Fremder für sie. Aber gleichzeitig hatte er eine Art an sich, die sie bis aufs Blut reizte. Ob man das Kind nun ostfriesische Sturheit nennen wollte oder ob noch etwas anderes dahintersteckte, war ihr in dem Moment gleich.

Aber der erwartete Ausbruch Matterns blieb aus. Er sah sie an … und lächelte.

Es war kein humorvolles Lächeln, keines, das sich in seinen Augen widerspiegelte. Es war lediglich ein Reflex, der kaum mehr als eine Sekunde andauerte.

Er deutete mit seinem Kinn auf Wiebkes rechte Hand. »Lassen Sie das untersuchen. Am besten gleich. Und falls Sie von der Klett nicht gleich ein bis zwei Wochen außer Gefecht gesetzt werden, sehen wir uns morgen um acht Uhr auf der Dienststelle.«

»Das kann ja wohl nicht …«

»Doch«, unterbrach Mattern entschieden. »Das ist mein letztes Wort.« Damit ließ er sie stehen.

Mattern drehte sich zu Heitmann um, der die Beamten schwer atmend und verstohlen beobachtete.

Der Hauptkommissar erwiderte den Blick des anderen grimmig.

»Und jetzt zu dir, Sportsfreund!«

111

Kapitel 16

Wiebke Eden kochte vor Wut. Das, was sie jedoch davon abhielt, Mattern durch den tiefen Sand hinterherzustapfen und ihm Dinge an den Kopf zu werfen, die sie möglicherweise später bereuen würde, war das schmerzhafte Pochen und Klopfen in ihrer rechten Hand. Die Kommissarin blickte mit einer Mischung aus Entsetzen und Neugier darauf, wie auf ein noch unbekanntes Etwas, das sie gerade erst hinter einem Schrank hervorgezogen hatte.

Die Hand war rot und deutlich angeschwollen. Wie ein halb aufgeblasener Handschuh, aus dem die fünf Finger wie skurrile, nutzlose Tentakel ragten. Wiebke konnte sie kaum bewegen. Wenn sie es versuchte, schoss ein heißer Schmerz bis in ihre Haarspitzen hinauf.

Sie trat aus der Dünenlandschaft heraus, bewegte sich langsam Richtung Straße zurück. Der Spediteur, ein freundlicher, aufgeschlossener Mann mittleren Alters, kam sofort auf sie zu.

»Es tut mir entsetzlich leid. Ich habe überhaupt nicht mitbekommen, was hinter mir passiert ist. Erst als die entgegenkommenden Passanten mir Zeichen gegeben haben, wusste ich, dass da was faul ist. Geht es Ihnen gut? Sind Sie verletzt?«

»Danke, ich habe mich schon besser gefühlt.« Wiebke Eden lächelte den Mann gequält an.

»Oh, das sieht nicht gut aus«, sagte der Spediteur nach einem Blick auf die Hand der Kommissarin. Er rieb sich mit der flachen Hand über sein Kinn.

In diesem Moment näherten sich Schritte von hinten. Robert Meyberg eilte mit hochrotem Kopf näher. In seiner Hand hielt er zwei oder drei saubere Geschirrhandtücher, in die er etwas eingewickelt hatte.

»Hier«, keuchte er, »das hab ich vom Kioskbetreiber aufgetrieben. Eiswürfel. Die sollten Sie sich um die Hand wickeln.«

»Sie haben mein Malheur also auch mitbekommen«, stellte die Ermittlerin mit einem Anflug schlechter Laune fest.

112

»Wir waren hinter Ihnen«, erklärte der Schriftsteller. »Natürlich konnte ich das Tempo nicht mithalten. Aber ich habe gesehen, was passiert ist.«

Wiebke nickte dem Mann dankbar zu, als sie ihm das kühlende Paket abnahm. Sie zuckte leicht zusammen, als sie es sich etwas unbeholfen um ihre rechte Hand legte. Aus den Augenwinkeln heraus registrierte sie, dass auch Hilke Fock anwesend war. Sie drückte sich, ohne etwas zu sagen, im Rücken ihres Kollegen herum.

»Warum steigen Sie nicht alle auf?«, schlug der Spediteur vor und deutete auf sein Gefährt. »Ich kann Sie zu Frau Doktor Klett bringen. Soweit ich weiß, ist sie gerade im Hotel Spiekeroog und versorgt da einen Patienten. Wenn wir uns beeilen, erwischen wir sie vielleicht noch dort.«

Nur zwei Minuten später hockten sie zu dritt auf dem leeren Anhänger, die Kommissarin in der Mitte, gestützt von Meyberg und ihr rechter Unterarm auf ihrem angewinkelten Bein ruhend. Das Eis zwischen den Geschirrtüchern linderte ihre Schmerzen auf ein erträgliches Maß herab.

»Was geschehen ist, tut mir leid«, presste Hilke Fock hervor, nachdem sie bereits eine Weile unterwegs gewesen waren. »Ich hatte keine Ahnung, dass Heitmann so reagieren würde.«

»Warum verraten Sie mir nicht mal, wer der Kerl eigentlich ist und was mit ihm los ist?«, schlug die Kommissarin vor.

Hilke Fock nickte. Sie wirkte fahrig, nervös. Ihr Blick irrte immer wieder hin und her. »Sie haben nicht zufällig noch eine Zigarette, oder?«

Wiebke blickte an ihrer aufgerissenen Sommerjacke herab. »Da irgendwo in der Tasche«, sagte sie.

Die Journalistin streckte ihre Hände aus. Sie zitterten, und dieser Zustand war nicht nur der leicht holprigen Fahrt geschuldet. Die junge Frau bekam die angebrochene Packung Zigaretten zu fassen. Sie war vollständig zerknautscht. Mit Mühe bekam Hilke den Deckel auf, warf einen flüchtigen Blick hinein und zerquetschte die kleine Schachtel samt zerbröseltem Inhalt in ihrer Faust.

»Vielleicht der richtige Zeitpunkt, damit aufzuhören«, sagte sie und zuckte mit den Schultern.

»Das ist es ganz sicher, Hilke«, meldete sich Meyberg zu Wort. Keine der beiden Frauen beachtete ihn.

»Heitmann«, gab die Kommissarin erneut das Stichwort.

»Ich habe ihn auf einer der Demos gegen Camphuusen kennengelernt«, begann die Journalistin. »Das passierte eigentlich eher zufällig, denn er war keiner von den Lauten. Keiner von denen, die je in der ersten Reihe auftauchten, wenn Sie verstehen, was ich meine.«

Die Kommissarin nickte.

»Wir kamen ins Gespräch. Das war nach einer der Demos in Hamburg. Heitmann und ich saßen in einer Kneipe, und da hat er mir von sich erzählt. Er kannte Camphuusen schon seit der Schulzeit. Damals waren sie befreundet. Das blieben sie auch noch eine ganze Zeit lang, selbst als sie bereits zusammen die Spedition gegründet hatten.«

»Camphuusen und Heitmann waren Geschäftspartner?«, hakte Wiebke nach.

»Japp«, antwortete Hilke Fock. »Bis zu dem Tag, an dem Camphuusen entschied, aus der Firma auszusteigen und sein ganzes Kapital abzuziehen. Damit stellte er nicht nur die Spedition, sondern auch Heitmann vor den Ruin. Die beiden sind heftig aneinandergeraten. Heitmann hat damals mehrfach gedroht, Camphuusen fertigzumachen.«

»Wie lange ist das her?«, wollte Wiebke Eden wissen.

Die Blonde überlegte kurz. »Kann ich nicht genau sagen. Es war, kurz bevor Camphuusen ganz groß in die Immobilienbranche einstieg. Heitmann hat dann noch ein halbes Jahr lang versucht, die Spedition am Leben zu erhalten, aber soweit ich weiß, hat er die Firma damit nur noch weiter reingeritten. Er musste schließlich Konkurs anmelden. Dabei hat er so ziemlich alles verloren, was er besaß. Und das hat Heitmann ihm nie verziehen.«

»Wie kommt es, dass er hier auf Spiekeroog ist?«, fragte Wiebke. »Was tut er hier? Denn ein Zufall ist das doch ganz sicher nicht.«

Hilke Fock lachte leise, schüttelte dabei den Kopf. »Nein. Das ist kein Zufall. Heitmann hat immer nach Möglichkeiten gesucht, es Camphuusen heimzuzahlen. Und ich glaube, vor Kurzem ist es ihm endlich gelungen. Er rief mich an. Vor ein paar Tagen. Sagte, er hätte Material aufgetrieben, das Camphuusen belastet.«

»Was für Material?«, hakte die Kommissarin nach.

»Das weiß ich nicht genau. Aber es stammt anscheinend noch aus der Zeit der gemeinsamen Spedition. Anscheinend Unterlagen über irgendwelche krumme Touren, die Camphuusen seinerzeit hinter Heitmanns Rücken abgezogen hat und die jetzt erst wieder ans Tageslicht gekommen sind.«

Die Kommissarin nickte nachdenklich. »Heitmann hat also versucht, Camphuusen zu erpressen. Deswegen hat er ihn letzte Nacht noch im Hotel angerufen. Die beiden haben einen Treffpunkt vereinbart. Irgendwo auf der Insel.« Die Kommissarin sah die Frau neben ihr an. »War es so?«

»Ja«, antwortete Hilke Fock. »Das jedenfalls hat mir Heitmann erzählt, als ich vorhin bei ihm war. Wir sind ein Stück am Strand entlanggegangen, damit uns niemand hört. Heitmann wollte von mir wissen, was er tun soll. Er ist total verzweifelt.«

»Hat er Camphuusen umgebracht?«, fragte Wiebke geradeheraus.

Stille. Die Journalistin schwieg. Die Ermittlerin ließ sie gewähren.

»Das habe ich ihn auch gefragt«, erklärte Hilke Fock nach einer Weile mit ruhiger Stimme.

»Und?«

Die andere zuckte mit den Schultern. »Er ist mir die Antwort leider schuldig geblieben.«

Die Kommissarin nickte. Dann wandte sie erneut den Kopf in Hilkes Richtung. »Ich habe Herrn Meyberg bereits gefragt, und jetzt frage ich Sie: Wo genau sind Sie heute Morgen zwischen fünf und sieben Uhr gewesen?«

Kapitel 17

In der kleinen Polizeidienststelle von Spiekeroog riss Hauptkommissar Hinrich Mattern das von der Sonne vergilbte Rollo herunter und schaltete seine Schreibtischlampe ein.

Gute anderthalb Meter vom Tisch abgerückt saß Heitmann auf einem Stuhl. Über seiner Stirn verlief eine blutige Schramme. Der Mann schwitzte stark. Noch immer trug er die Handschellen um seine hinter dem Rücken gekreuzten Gelenke.

Marlowe lag auf der Türschwelle zum Nebenzimmer, einem weiteren Büro, das lange leer gestanden hatte. Dort stapelten sich volle und leere Kartons sowie ein ansehnlicher Berg von Hundefutterdosen.

Im hiesigen Büro schnorchelte leise eine Kaffeemaschine vor sich hin.

Mattern trat an den Apparat und goss sich eine Tasse ein. Aus einer Porzellandose mit gebrochenen Henkeln klaubte er zwei Stückchen Zucker, ließ sie in die Tasse fallen und beobachtete, wie sie in dem pechschwarzen Gebräu versanken.

Es dauerte eine ganze Weile, bis er den Festgenommenen ansprach.

»Dann wollen wir mal, was, Heitmann?«

Der Angesprochene zog die rechte Hälfte seiner Oberlippe leicht in die Höhe, auf eine Art, die Elvis Presley neidisch gemacht hätte. Ansonsten zeigte der Mann keine sichtbare Regung.

»Je eher Sie anfangen zu reden, desto besser für Sie.«

Heitmanns Zunge flitzte über seine aufgesprungenen Lippen.

»Kann ich auch was … zu trinken kriegen?«

Mattern stand ihm gegenüber, Tasse und Unterteller in der Hand. Beides klirrte leicht gegeneinander. Dabei sah sich der Kommissar suchend um.

»Ich habe im Moment nur Kaffee da. Oder Leitungswasser. Ist beides ungefähr gleich temperiert.«

»Dann halt Kaffee«, gab Heitmann unwirsch zurück.

Mattern nickte, drehte sich um und setzte seine Tasse ab, nachdem er einmal daran genippt hatte. Er trat an einen Hängeschrank, dessen Tür leicht schief hing. Im Innern stand ein altes Sparschwein aus Porzellan, daneben ein Kaffeebecher mit abgebrochenem Henkel. Mattern zog ihn heraus, drehte ihn um und wischte einmal mit den Fingern seiner rechten Hand hindurch. Er befüllte die Tasse, griff im Vorbeigehen nach der Zuckerdose und stellte beides auf einen kleinen Beistelltisch, dem er einen Tritt versetzt hatte, damit er unmittelbar vor Heitmann zum Stehen kam.

»Zucker?«

Heitmann starrte den Kommissar an, schüttelte den Kopf. »Nein. Schwarz.«

Mattern nickte, griff mit der ganzen Hand in die Zuckerdose und holte ein gutes Dutzend Würfel heraus. Den ersten ließ er mit einem platschenden Geräusch in die Tasse fallen.

»Was soll denn das?«, platzte es aus Heitmann heraus.

»Warum haben Sie Camphuusen letzte Nacht zweimal angerufen?«, fragte Mattern unbekümmert.

Heitmann drehte den Kopf wie ein beleidigtes Kind zur Seite und schniefte leise.

Mattern schnippte mit seinem Daumennagel ein weiteres Stück Würfelzucker in den Becher auf dem Tisch.

»Wo haben Sie sich mit ihm getroffen?«

Schweigen.

Ein weiteres Stückchen machte sich auf den Weg und wurde sicher versenkt.

Heitmanns Kopf ruckte herum. Er starrte den Kommissar mit funkelndem Blick an.

»Ist ja schon gut«, brüllte er.

Marlowe gab im Hintergrund ein winselndes Geräusch von sich, erhob sich träge von der Türschwelle und trottete auf den schattigen Flur hinaus.

»Ich rede ja schon«, fügte Heitmann hinzu.

»Dann versuchen Sie es doch mal mit der Beantwortung meiner Fragen«, schlug Mattern vor.

Heitmann starrte auf den Becher mit Kaffee. »Kann ich wohl ... bitte ...«

»Ah ja, natürlich.« Der Kommissar tat überrascht, griff nach dem Porzellanbecher und hielt ihn Heitmann an die Lippen.

»Nicht so hoch, Mensch!«

Mattern korrigierte den Winkel.

Heitmann schlürfte, verzog das Gesicht und schlürfte erneut. Dann schüttelte er den Kopf. »Das ist das widerlichste Gebräu, was ich in meinem ganzen Leben je vorgesetzt bekommen habe.«

»Seien Sie froh, Sie müssen es nur jetzt trinken. Ich lebe quasi damit.« Mattern stellte den Becher ab und hielt sich eine Hand hinter sein rechtes Ohr. »Also? Was ist jetzt?«

Heitmann räusperte sich lautstark, fuhr sich danach noch mehrere Male mit der Zungenspitze über die Lippen, vermutlich um den bittersüßen Geschmack loszubekommen.

»Es ist wahr«, sagte er endlich, »ich habe diesen Dreckskerl angerufen.«

»Mir wäre es lieber, wir würden bei seinem richtigen Namen bleiben«, fuhr Mattern dazwischen. Über sein Gesicht huschte ein leises Lächeln. »Nur, damit keine Missverständnisse entstehen.«

»Ich wusste, dass Camphuusen auf der Insel sein würde«, fuhr der Verdächtige fort. »Also hab ich mein Zelt eingepackt und bin hier rüber. Ich wollte ihn endlich zu einem Gespräch zwingen.«

»Wozu das?«

»Weil wir noch nicht fertig waren miteinander.« Heitmann hob den Kopf an, blickte zum Kommissar auf. »Er hat mich damals mit unserer Firma über den Tisch gezogen.«

»Mit der gemeinsamen Spedition. Ich weiß.«

Der Mann auf dem Stuhl nickte. »Er hat alles vor die Wand gefahren und besaß dann noch die Frechheit, mich mit dem Schuldenberg sitzen zu lassen. Während der feine Herr erstmal untergetaucht ist, um dann später als gemachter Mann zurückzukommen.« Heitmann stieß ein Lachen aus, das so bitter wie der restliche Kaffee in der fleckigen Glaskanne war. »Und wie er zurückgekommen ist.«

»Sie konnten es nie verwinden, dass Camphuusen Sie betrogen und dann selbst eine neue Existenz aufgebaut hat, die viel besser funktionierte, als es Ihre Zusammenarbeit jemals getan hat.«

»Das war nicht der Punkt«, beharrte Heitmann. »Der Punkt war, dass mich das Schwein betrogen hat. Und dass die Betrügereien schon zu unserer gemeinsamen Zeit angefangen haben. Ich weiß von illegalen Transporten über die dänische Grenze, die …«

Mattern blickte vom Rand seiner Tasse auf. »Reden Sie nur weiter. Ich höre.«

»Ich habe Material zugespielt bekommen«, sagte Heitmann. »Alte Frachtpapiere, Ladelisten. Die Originale und die gefälschten. Hat mich einige Zeit und Mühe gekostet, wie Sie sich vielleicht vorstellen können.«

»Sie haben Camphuusen am Telefon damit konfrontiert«, erklärte der Kommissar.

Der Mann auf dem Stuhl nickte.

»Es ging um Drogenschmuggel«, präzisierte Heitmann. »Ich hatte eindeutige Beweise in der Hand. Endlich. Ich habe nur gewartet, bis Camphuusen endlich hier war. Dann rief ich ihn an, um ihm zu sagen, was Sache war. Er hat mich ausgelacht. Da hab ich ihm von den Unterlagen erzählt und auf welche Weise ich nach all den Jahren noch daran gelangt bin. Da hat er nicht mehr gelacht. Er sagte, er brauche Bedenkzeit.«

»Und die haben Sie ihm gegeben«, folgerte Mattern.

Heitmann nickte.

Der Kommissar nahm den Kaffeebecher vom Tisch, ging in aller Seelenruhe nach nebenan, wo sich eine kleine Spüle befand. Er goss den Kaffee weg und spülte die Tasse aus. Dann kehrte er ins Büro zurück, wo er frischen Kaffee nachschenkte.

»Wollen Sie?«

Heitmann nickte.

Mattern setzte ihm die Tasse an die Lippen. Der Festgenommene trank, dieses Mal gieriger und mit weniger Abscheu.

»Besser«, sagte Heitmann. Er sah zu Mattern auf. »Ich gab ihm genau zwei Stunden.«

Mattern nickte. Das konnte hinkommen. Er dachte daran, dass Camphuusen vermutlich noch irgendwo einen auf den Schreck getrunken hatte. Dann, offenbar angefüllt mit Adrenalin, hatte er bei seiner Sekretärin Celine Arnold an die Tür geklopft, war in ihr Zimmer eingedrungen, wo er schließlich unerwartet mit Tjark Rütters aneinandergeraten war.

Es konnte alles hinkommen. Aber irgendwo lauerte da noch eine Unbekannte in der Gleichung. Das fühlte er. Er gab Heitmann ein Zeichen, weiterzureden.

Der nickte. »Ich gab ihm also die zwei Stunden, die er wollte. Inzwischen war es kurz nach drei Uhr morgens. Wir verabredeten uns beim Südergroen, in der Nähe des Jachthafens.«

»Warum da?«, wollte Mattern wissen.

Heitmann zuckte mit den Schultern. »Aus keinem besonderen Grund. Ich wollte nicht, dass Camphuusen zum Zeltplatz kommt, und er wollte nicht nachts in der Nähe des Hotels gesehen werden. Also kamen wir auf den Ort. Was stimmt damit nicht?«

Mattern blickte sein Gegenüber ernst an. »Camphuusen wurde draußen bei den Muschelbänken getötet. Die liegen von Ihrem Treffpunkt nur knapp zwei Kilometer entfernt.«

Heitmann zuckte mit den Schultern. »Na und? Wollen Sie jetzt wissen, wie es weitergegangen ist, oder nicht?«

Mattern erwiderte nichts, bis der andere wieder zu reden fortfuhr.

»Halb vier am Südergroen. Ich hatte eine Taschenlampe dabei und hab ihm geleuchtet. Er hatte auch eine.«

»Ich weiß«, antwortete Mattern. »Die hat man inzwischen aus dem Wasser gefischt. Zusammen mit ein paar anderen Habseligkeiten. Nur sein Handy ist noch nicht da. Aber das finden wir auch noch. Erzählen Sie weiter.«

Heitmann verzog das Gesicht, als er versuchte, sich aufrecht hinzusetzen, was mit den Handschellen im Rücken beinahe unmöglich war.

»Er war ein paar Minuten zu spät, aber was machte das schon? Immerhin hatte ich Jahre auf diesen einen Moment gewartet. Ich konfrontierte ihn mit den Unterlagen, hab sie ihm ausgehändigt. Kopien natürlich. Ich habe ihm erklärt, dass die Originale an einem sicheren Ort liegen.«

»Und wie hat Camphuusen reagiert?«, fragte der Kommissar.

Der Mann auf dem Stuhl schnaufte verächtlich. »Er hat mir ins Gesicht gelacht. Er hat mir die Kopien vor die Füße geworfen und mir unmissverständlich deutlich gemacht, dass er dafür ... wie hat er sich ausgedrückt ... keinen müden Cent lockermachen wird.« Heitmann unterbrach sich für einen trockenen Husten. »Ich habe ihm gesagt, dass ich dann damit an die Presse gehen würde. Den Rummel würde sein Imperium nicht so einfach wegstecken. Aber ihn schien das nicht zu bekümmern. Er berief sich auf seinen Anwalt, diesen ... diesen ...«

»Joost van Felten«, half der Kommissar aus.

Heitmann nickte. »Genau der. Ein ziemlich übler und windiger Bursche. Um ehrlich zu sein, habe ich ziemlichen Respekt vor dem. Weil ... das ist nämlich so einer, der lässt sich nicht auf einen Vergleich ein. Der begnügt sich auch nicht damit, einen Prozess zu gewinnen. Für diesen van Felten ist es jedes Mal eine Schlacht auf Leben und Tod. Wenn er in einen Prozess zieht, dann um den Gegner restlos fertigzumachen. Fix und fertig, sodass demjenigen danach eigentlich nur der Strick bleibt. Verstehen Sie? So einer ist das.«

»Ich durfte ihn heute bereits kennenlernen«, antwortete Mattern. »Und so wie Sie ihn beschreiben, hatte ich ihn durchaus schon eingeschätzt. Aber weiter zu Ihnen. Haben Sie in Ihrer Geschichte nicht noch ein kleines Detail vergessen?«

»Dazu wollte ich gerade kommen«, presste Heitmann zähneknirschend heraus. »Es kam zu einer Auseinandersetzung zwischen uns. Ich hab ... ich hab einfach die Nerven verloren. Und in dem Gerangel hab ich ihm eins mit meiner Taschenlampe übergezogen. Direkt über den Schädel.«

»Weiter«, sagte Mattern. »Hören Sie nicht auf, jetzt, wo der interessanteste Teil kommt.«

Der Gefesselte verzog keine Miene. Im Gegenteil, sein Gesicht wurde ausdruckslos. Genauso, wie es vergangene Nacht ausgesehen haben mochte. Als er fortfuhr, tat er das mit ruhiger, gesetzter Stimme: »Er schrie auf, ließ seine Lampe fallen. Sie … sie fiel ins Gras. Und er hinterher. Er blieb im Sand liegen. Seine Lampe strahlte ihm direkt ins Gesicht. Es war voller Blut. Ich musste ihm eine ziemliche Platzwunde verpasst haben. Aber als ich ging, da … da hat er noch geatmet.« In Heitmanns Gesicht kehrte Leben zurück. Seine Augen sprühten wieder vor Glanz. »Und das ist etwas, das ich vor jedem Gericht beschwören würde.«

»Sie haben ihn also röchelnd und verletzt im Südergroen liegen lassen«, resümierte Mattern. »Was taten Sie daraufhin?«

Heitmann stieß einen heiseren Laut aus. »Na, Sie sind gut. Ich bin zurück zu meinem Zelt. Und zwar auf schnellstem Weg. Ehe noch jemand etwas davon mitbekommt, dachte ich mir. Und da bin ich dann auch geblieben. Bis zum Vormittag.«

»Und das ist alles?«

»Das ist alles. Gott ist mein Zeuge.«

»Na, jetzt übertreiben Sie mal nicht«, antwortete der Kommissar. Er ging in dem Büro auf und ab. Hin und wieder blieb er stehen und nippte an seinem Kaffee, bis er die Tasse klirrend wegstellte. Er drehte sich energisch zu Heitmann um.

»Etwas an Ihrer Geschichte passt mir noch nicht.«

Der andere zuckte mit den Schultern. »Dafür kann ich nichts.«

»Ich glaube doch«, gab Mattern zurück. Er trat zwei Schritte vor, blieb vor dem Mann auf dem Stuhl stehen.

»Was ist mit dem Geld passiert, das Camphuusen bei sich hatte?«

Heitmann blinzelte. »Was für Geld?«

»Reden Sie kein Blech, Sie wissen genau, was ich meine!«

Die Augen, Heitmanns Augen, begannen zu flackern. Etwas darin schien zu fiebern.

»Ich weiß von keinem Geld«, presste er hervor.

Mattern drehte sich um. Von seinem Schreibtisch klaubte er einen Plastikbeutel, in dem sich ein dunkler Gegenstand befand. Eine altmodische Herrenbrieftasche.

Der Kommissar knallte den Beutel auf den Beistelltisch. Kaffee schwappte aus dem randvollen Becher daneben.

Heitmann starrte auf die Szene. »Was ist das?«

»Camphuusens Brieftasche«, antwortete Mattern düster. »Wollen Sie wissen, was drin ist? Nein? Dann sage ich es Ihnen: In der Brieftasche haben die Mädels und Jungs von der Spurensicherung stolze fünftausend Euro gefunden.«

Heitmann sah den Kommissar entgeistert an. »Na und? Dann ist doch wohl alles in bester Ordnung.«

»Ist es nicht«, entgegnete Mattern. »Wollen Sie auch wissen, warum nicht? Weil Camphuusen nach Ihrem zweiten Anruf bei ihm von mehreren Geldautomaten auf der Insel insgesamt dreißigtausend Euro in bar abgehoben hat. Und jetzt zeigen Sie mal, wie gut Sie im Rechnen sind, Heitmann.«

»Ich … habe nicht die geringste Ahnung«, keuchte der Angesprochene.

»Tut mir leid, falsche Antwort«, rief Mattern mit der Stimme eines schlechten Moderators in einem billigen Fernsehquiz. »Au, war das spannend! Au, war DAS spannend!«

»Hören Sie auf, mich zu verscheißern«, antwortete Heitmann leise. Er rutschte auf dem Stuhl hin und her. Die Schramme auf seiner Stirn glühte.

»Soll ich Ihnen sagen, was ich glaube?«, fragte Mattern.

Heitmann schüttelte den Kopf.

»Ich sag's Ihnen trotzdem.« Der Kommissar blieb vor Heitmann stehen und beugte seinen Oberkörper zu ihm herunter. Als er weitersprach, tat er es vollkommen ruhig und als hätte er alle Zeit der Welt.

»Jemand hat sich fünfundzwanzigtausend aus der Brieftasche genommen. Und er hat das übrige Geld drin gelassen, damit man, wenn man später die Leiche oder die Brieftasche findet, nicht sofort davon ausgeht, dass es sich um einen Raubmord handelt. Und dieser Jemand waren Sie, Heitmann!«

Kapitel 18

»Eine Handverletzung?« Die blonde, etwa fünfzigjährige Frau sah Wiebke Eden mitfühlend an. »Kommen Sie. Wenn Sie wollen, werfe ich mal einen Blick darauf.«

Die Blonde fing den skeptischen Blick der Kommissarin auf. Ihr gebräuntes Gesicht formte ein Lächeln, das aus einigen Fältchen und etwas zu viel Lippenstift bestand.

»Keine Sorge, ich bin Ärztin. Mein Name ist Doktor Gabriele Schönhoff. Mein Mann und ich sind Gäste hier im Hotel.«

Schönhoff, dachte Wiebke. Sollte ihr der Name etwas sagen? Sie war nicht der Ansicht, und doch erzeugte der Klang dieses Namens einen seltsamen Hall in ihr. Als ob sie erst vor Kurzem auf ihn gestoßen war. Vielleicht bei ihren Recherchen zu Hilke Fock und ihren Verbindungen zu Camphuusen. Möglicherweise war es um etwas gegangen, das irgendwo am Rande dieser Ereignisse passiert war und das sie als vermeintlich unwichtig weitergeklickt hatte. Aber genauso gut konnte sie sich auch irren. Ihr wurde bewusst, dass sie die blonde Frau noch immer anstarrte, ohne bisher auch nur ein Wort gesagt zu haben.

»Entschuldigung«, antwortete sie. »Ich bin im Augenblick nicht ganz auf der Höhe. Ich hatte eigentlich vor, Frau Doktor Klett hier zu treffen, aber …«, Wiebke reckte den Hals, sah sich demonstrativ um, »sie scheint noch beschäftigt zu sein.«

»Sie haben sich was verrenkt«, sagte Gabriele Schönhoff. »Vielleicht kann ich es wieder richten. Am besten kommen Sie mit nach nebenan. Das Hotelfoyer scheint mir dafür nicht gerade geeignet.« Die Ärztin blickte sich zu einem Mann um, der sich am Durchgang zum Frühstücksraum und zur Bar herumdrückte. Sie winkte ihm, und er kam sofort näher.

Ein dunkelhaariger Mann in langen Hosen und kurzärmligem Hemd. Sein Gesicht wirkte füllig, fast ein bisschen teigig und ohne nennenswerte Konturen. Die Augen dunkel und ebenfalls ohne Ausdruck. Langweilig. Ja, dachte Wiebke, der Mann sah wie ein Langweiler aus. Vermutlich hatte er einen langweiligen Beruf, irgendetwas im Büro und ganz sicher nicht in leitender Position. Schon die Art, wie er sich herüberbewegte, durch das Foyer, wirkte uninteressant und harmlos. Er war jemand, nach dem sie sich auf der Straße vermutlich nicht mal umgedreht hätte, selbst wenn er in einem monströsen Hut mit neonfarbener Leuchtreklame an ihr vorbeigegangen wäre. Er war einer von denen, die man leicht übersah und die erst durch die Menschen, die sie umgaben, halbwegs sichtbar wurden.

»Schatz?«, fragte er, nickte Wiebke höflich zu, um dann seinen Blick wieder erwartungsvoll auf seine Frau zu richten.

»Hol mir doch bitte mal meine Tasche von oben, ja? Die Reiseapotheke.«

Sie hatte ihn nicht mal angesehen.

Und er machte sich nichts daraus. Offenbar war es Gewohnheit. Er antwortete nicht, drehte sich einfach um und lief wie ein aufgezogenes Spielzeug schnurstracks geradeaus, wo es zu den Aufzügen ging.

»Keine Angst, er kommt schon zurecht«, sagte Gabriele Schönhoff mit einem Lächeln, das ihre schmalen Lippen umspielte.

Wiebke Eden lief rot an. »Entschuldigung, habe ich ihm etwa hinterhergestarrt?«

Die Ärztin winkte ab. »Das passiert uns ab und an. Dietmar lässt sich manchmal ein wenig gehen oder vergisst sich einfach. Aber wenn es drauf ankommt, ist er zur Stelle. Kommen Sie.«

Die Medizinerin ging voran, öffnete wie selbstverständlich einen kleinen Raum, der neben der Rezeption lag und zu keinem auf den ersten Blick ersichtlichen Zweck genutzt wurde. Es befand sich eine hohe Liege darin. An der Wand daneben warteten vier Koffer und zwei Taschen auf Abholung.

Wiebke setzte sich auf den Rand der Liege. Das Eis hatte sich inzwischen komplett verflüssigt und aus den Handtüchern tropfnasse Lappen gemacht. Die Kommissarin löste sich vorsichtig davon.

»Ei weh«, sagte die Blonde, als sie sich Wiebkes Hand aus der Nähe besah. »Die sieht ja aus, als wären Sie damit in einen Schraubstock geraten.«

125

Erstaunlich, dachte Wiebke, wie nahe das der Wahrheit kam. Noch immer erinnerte sie sich mit einigem Entsetzen an Heitmanns gequälten Gesichtsausdruck, als er mit aller Macht versucht hatte, sie abzuschütteln.

Gabriele Schönhoff betastete die Hand der Kommissarin mit aller Vorsicht. »Ich glaube nicht, dass etwas gebrochen ist«, sagte sie nach einer Weile. »Am besten sehen Sie jetzt einmal zur Wand da drüben und lassen die Hand dabei ganz locker.«

Wiebke räusperte sich. »Glauben Sie wirklich, d...« Der Rest ihrer Frage ging in einem unkontrollierten spitzen Schrei unter. Sie hörte – *fühlte* –, wie etwas in ihrem rechten Handgelenk knackte und sich dann wieder zusammenfügte, wie es eigentlich von Natur aus vorgesehen war. Sofort ließ der Schmerz ein klein wenig nach. Sie starrte auf ihre Hand, die noch immer stark geschwollen war, die sich nun jedoch anders, deutlich besser anfühlte.

»Wow«, presste sie hervor, noch immer ein wenig unter dem Schock der gerade erlebten Anwendung.

Schritte wurden laut, jemand tauchte hinter Doktor Schönhoff in der Türöffnung auf. Ihr Mann. Dietmar. Was seine Frau ein wenig beiläufig als Reiseapotheke bezeichnet hatte, entpuppte sich als ein breiter, schwarzlederner Arztkoffer. Er stellte ihn neben seiner Frau auf dem Boden ab, kniete sich nieder, öffnete die beiden Verschlüsse und klappte ihn auf. Alles, jede seiner Bewegungen, schien einstudiert. Wie ein Assistent, der dem großen Magier zu seinem Auftritt verhilft.

Dietmar Schönhoffs Blick begegnete dem der Kommissarin.

»Na«, sagte er, »da haben Sie sich ja was Schönes eingehandelt. Hatten Sie einen Unfall?«

»Leider nein«, antwortete Wiebke wahrheitsgemäß. »Es ist bei einem Einsatz passiert.«

Gabriele Schönhoff entnahm ihrem Koffer ein Desinfektionsspray und mehrere kleine klinische Tücher, um die Hand der Kommissarin damit zu verarzten. Sie sagte nichts dabei, sah Wiebke Eden nur mit leicht hochgezogenen Brauen an. Es war offensichtlich, dass sich das Ehepaar noch eine weitere Erklärung zu Wiebkes Andeutung erhoffte.

»Ein flüchtiger Verdächtiger hat sich kurz an meiner Hand abreagiert«, fügte die Ermittlerin nach ein paar Sekunden hinzu. »Nicht weiter wild. Hoffe ich wenigstens.« Sie zuckte mit den Schultern.

Gabriele Schönhoff betupfte die Schrammen und Schürfwunden, die sich die Beamtin zugezogen hatte. »Das Wesentliche ist erledigt, und die Wunden habe ich jetzt gereinigt. Ich kann Ihnen noch eine Salbe auftragen und einen leichten Verband anlegen. Danach sind Sie wieder wie neu.«

Wiebke nickte dankbar. Sie ließ die weitere Behandlung über sich ergehen.

»Sind Sie und Ihr Mann auf Urlaub hier?«

»Ja«, antworteten beide gleichzeitig. Das Paar tauschte einen kurzen Blick miteinander.

»Eine kleine Auszeit«, schob die Ärztin dann hinterher. »Wir waren vor ein paar Jahren schon mal hier, nicht, Dietmar?«

Ihr Mann nickte. »Ich bin zwar keine rechte Wasserratte, aber meine Frau und ich genießen das Klima hier. Und die langen Strandspaziergänge. Wir kommen aus Hamburg.«

In Wiebke Edens Kopf arbeitete es. »Dann kennen Sie vielleicht Herrn Camphuusen? Den Unternehmer? Er ist ebenfalls Gast hier im Hotel.«

Die Medizinerin fixierte den Verband mit einem Stück Klebestreifen und betrachtete ihr Werk zufrieden. »Ja, sicher. Herwig Camphuusen, nicht wahr? Wir sind ihm bereits begegnet und kurz ins Gespräch gekommen.«

»Hatten Sie früher schon mal mit ihm zu tun? Beruflich oder privat?«

Die Blonde hielt in ihrer Bewegung inne. »Seltsam, dass Sie mich das fragen. Aber … ja. Wir sind uns vorher schon mal begegnet.«

Wiebke blickte auf ihren Verband und lächelte Frau Schönhoff dankbar an. »Darf ich fragen, bei welcher Gelegenheit?«

Der Arztkoffer schnappte zu. Gabriele Schönhoff wuchtete ihn auf einen freien Stuhl in der Nähe.

»Sie dürfen. Camphuusens Wohnungsgesellschaft verwaltet das Ärztehaus, in dem ich meine Praxis hatte.«

»Sie praktizieren nicht mehr?«

»Nur noch ein paar private Patienten.« Die Blonde lächelte. Ihr Lippenstift glänzte hellrot. Aus der Nähe bewunderte die Kommissarin die nahezu perfekt gezupften Brauen der anderen.

»Es gab da mal ein paar Streitigkeiten wegen einiger Mieter im Haus und wegen der Umlage der Sanierungskosten für den Gebäudekomplex«, fuhr Frau Schönhoff fort, winkte aber sogleich ab. »Nichts Wildes. Camphuusen hat die angedrohte Beteiligung und die in Aussicht gestellte Mieterhöhung zurückgezogen und wurde am Ende bei der Abschlusskundgebung regelrecht gefeiert.« Sie richtete sich auf und blickte auf Wiebke Eden herunter. »Darf ich fragen, warum Sie mir all diese Fragen zu Camphuusen stellen?«

»Er ist tot«, antwortete die Kommissarin. Sie erklärte die näheren Umstände, wie der Mann ums Leben gekommen war.

»Ermordet«, wiederholte Gabriele Schönhoff mit leiser Stimme.

»Wie grässlich«, pflichtete ihr Mann bei. Er wandte sich an Wiebke. »Weiß man denn schon, wer … ich meine … wer für diese Tat infrage kommt? Der Kreis müsste doch eigentlich ziemlich überschaubar sein, oder?«

»Wie kommen Sie darauf?«, wollte die Ermittlerin wissen.

Dietmar Schönhoff machte eine unbeholfene Handbewegung. »Naja, nun … hier auf Spiekeroog, meine ich. Da kommen doch sicher nicht so viele Leute in Betracht. Und eine Frau kann eine solche Tat ja wohl nicht begangen haben, oder?«

»Kaum«, bestätigte Wiebke. »Jedenfalls nicht im Alleingang.«

Schönhoffs Lächeln erhielt einen leicht dümmlichen Ausdruck. Er blinzelte mehrfach. »In den frühen Morgenstunden ist es passiert, sagen Sie?«

Wiebke bejahte die Frage und fügte hinzu: »Bei ablaufender Flut.«

Die Schönhoffs wirkten betreten. Als ob sie in stillem Einvernehmen des Ermordeten gedachten.

128

»Ich hoffe, Sie nehmen mir meine Frage nicht übel, aber …
wo Sie beide doch Herrn Camphuusen gekannt haben … wo
waren Sie beide heute Morgen zwischen fünf und sieben Uhr?«

Die Frage der Kommissarin schien die beiden aus ihren
Überlegungen zu reißen. Ein Lächeln stahl sich in das Gesicht
der Blonden. »Sie haben jedes Recht, uns danach zu fragen. Ja,
wo waren wir? Hier im Hotel waren wir. Natürlich zusammen.
Es war ja noch früh.«

Wiebke nickte. »Gibt es dafür irgendwelche Zeugen?«

Dietmar Schönhoff räusperte sich. »Finden Sie nicht, dass Sie
mit dieser Frage ein bisschen zu weit gehen? Ich meine … wir
haben Ihnen doch gesagt, wo wir waren. Das sollte Ihnen doch
wohl genügen. Ich denke nicht, dass w…«

Die Ärztin legte ihrem Mann ihre Hand auf den Unterarm,
und Schönhoff verstummte sofort. »Es ist gut, Dietmar. Die
Kommissarin macht nur ihre Arbeit. Ist doch so, nicht?« Sie
zwang sich zu einem Lächeln. »Außerdem haben wir doch
einen Zeugen, soweit ich mich erinnere.«

»Haben wir?« Schönhoff machte ein verdutztes Gesicht.

Seine Frau schüttelte den Kopf und blickte schließlich
Wiebke Eden an. »Männer«, seufzte sie. »Manchmal frage ich
mich wirklich, wo sie mit ihren Gedanken sind.« Sie drehte
sich halb zu ihm um.

»Erinnerst du dich vielleicht an die Probleme, die wir über
Nacht mit unserer Klimaanlage im Zimmer hatten?« Wieder
eine Drehung zur Kommissarin. »Die war nämlich irgendwie
falsch eingestellt. Hat so dermaßen gekühlt. Es hätte nicht viel
gefehlt und wir hätten Eisblumen an den Fenstern gehabt.«

Dietmar Schönhoff schien sich zu erinnern. Ein erleichtertes
Lächeln huschte über sein Gesicht. »Naja, ganz so schlimm
war es nicht, aber es war schon gehörig zu viel des Guten. Und
es ließ sich auch nicht mehr raufregeln.«

»Irgendwann haben wir es nicht mehr ausgehalten, und
Dietmar hat die Rezeption angerufen.« Sie schnippte mit den
Fingern. »Dieser junge Bursche war dran. Wie heißt er noch
gleich?«

»Sprekkelsen«, antwortete ihr Mann.

»Richtig. Er hat sich das Ganze angesehen, konnte aber auch nichts feststellen. Er hat das ganze Ding abgestellt. Ich glaube, er wollte danach nach einem Techniker telefonieren. Und das Ganze hat sich morgens gegen sechs abgespielt, wenn ich nicht irre. Mein Mann und ich haben uns nämlich angezogen und uns nach draußen vors Haus gesetzt, um den Sonnenaufgang anzusehen.«

»Für den es fast schon zu spät war«, ergänzte Schönhoff kleinlaut, als ob das seine Schuld gewesen wäre.

Wiebke Eden lächelte, breitete die Hände aus und stand auf. »Es tut mir leid, dass ich Sie so mit meinen Fragen gelöchert habe. Wie lange bleiben Sie noch auf der Insel?«

»Noch bis zum Ende der Woche«, antwortete die Ärztin und gab ihrem Mann ein Zeichen, sich den Koffer zu schnappen.

Schönhoff trat beflissen einen Schritt vor und hob ihn an.

»Dann wünsche ich Ihnen noch einen angenehmen Aufenthalt auf Spiekeroog«, sagte Wiebke und hob ihre rechte Hand leicht an. »Und nochmals vielen Dank!«

Sie blickte den Schönhoffs nach, wie sie durch das Hotelfoyer schlenderten. Das heißt, sie schlenderte. Schönhoff hingegen schien es eilig zu haben, mit dem Koffer in der Hand einen der beiden Aufzüge zu erreichen, in dem er kurz darauf verschwand.

Eine Hand legte sich von hinten auf ihre Schulter. Eine unbekannte Stimme fragte: »Waren das nicht eben die Schönhoffs?«

Kapitel 19

»Sie können mich doch nicht in dieses Loch sperren!«

Doch. Das konnte Mattern.

Die kleine Zelle am Ende des Flurs war schon seit ewigen Zeiten nicht mehr benutzt worden. Mattern versuchte, sich daran zu erinnern, aber es wollte ihm nicht gelingen und irgendwie bestand ja auch keine Notwendigkeit dazu. Heitmann war da, die Zelle war da … und mehr brauchte es nicht. Einen dringenden Tatverdacht natürlich, aber auch der war vorhanden. Mattern hatte es Heitmann mehr als einmal klipp und klar gesagt.

Der Festgenommene saß auf einer Pritsche, auf der sich ansonsten nichts als eine raue Wolldecke und ein zusammengeknautschtes Kissen befanden. Heitmann hatte bereits mit seinem Anwalt telefoniert, einem Mann aus Oldenburg. Der war aber so beschäftigt, dass er frühestens am nächsten Vormittag auf Spiekeroog eintreffen würde. Am späten Vormittag, um genau zu sein.

Heitmann sah so aus, als hätte er sich in sein Schicksal gefügt. Aber der Schein konnte genauso gut trügen. Mattern musste sich eingestehen, dass er nicht recht wusste, woran er bei dem ehemaligen Spediteur war.

Als er die Zelle verließ, drehte er sich noch einmal um. »Warum die Muschelbänke, Heitmann? Warum musste es ausgerechnet da passieren?«

Zunächst hatte es den Anschein, als hätte der Angesprochene gar nicht zugehört. Heitmanns Oberkörper kippte langsam nach hinten, bis er von der Wand aufgehalten wurde. Heitmann gab einen schmatzenden Laut von sich, er wirkte müde und ausgebrannt.

Hauptkommissar Mattern drehte sich um, hatte den Türgriff schon in der Hand, als der Mann auf der Pritsche doch noch antwortete.

»Man wollte ihn bluten lassen.«

Mattern lief es eiskalt den Rücken herunter. Für einen Moment verharrte er in der Bewegung, dann drehte er sich langsam um. »Was?«, fragte er.

Heitmann hob die schläfrigen Augenlider. »Bluten lassen«, wiederholte er, »genau wie er es mit seinen Mietern gemacht hat.«

Mattern antwortete nicht. Er nagte an seiner Unterlippe, während er ziellos in die Zelle starrte. Er sah nicht Heitmann, sah nicht die Mauer, an der er lehnte. Der Kommissar sah die Muschelbänke und den verbluteten Mann darauf. Innerlich schimpfte er sich selbst einen Idioten. Natürlich hatte die Mordmethode etwas zu bedeuten. Wie hatte er sich nur so lange vor dieser Symbolik verschließen können? Sie sprang einem doch geradezu in die Augen.

Sein Blick klärte sich. Für einen Moment dachte er daran, noch einmal bei Heitmann nachzuhaken, doch der machte nicht den Anschein, als hätte er noch etwas zu erzählen. Der Kopf des Mannes war leicht auf seine Brust gesackt, und aus seinem Rachen und dem leicht geöffneten Mund drangen leise Schnarchgeräusche.

Der Kommissar schloss die Tür hinter sich und drehte den Schlüssel herum. Morgen, wenn der Anwalt da gewesen war, würde er ihn aufs Festland überführen lassen. Vorausgesetzt, der Anwalt gehörte nicht zu jener gerissenen Sorte, der es immer wieder gelang, ihre Mandanten dem Zugriff durch das Gesetz zu entziehen.

Noch während er in Gedanken versunken war, klingelte es an der Tür der Dienststelle. Aus irgendeinem der angrenzenden Räume gab Marlowe ein leises Knurren von sich, so als hätte er sich gerade an seine Urinstinkte erinnert, denen es zumindest ansatzweise galt, nachzukommen. Blicken ließ er sich hingegen nicht.

Mattern bewegte sich durch den Flur. Hinter der matt gläsernen Eingangstür zeichnete sich der verschwommene Umriss eines Menschen ab.

Der Kommissar öffnete und blinzelte ins Sonnenlicht hinaus. »Herr … Gerdes?«

»Nich wahr?« Der Mann vor der Tür grinste verlegen und nahm seinen Fischerhut ab. Er knüllte ihn in seiner Faust zusammen und drückte ihn gegen seine linke Brust, als wolle er in der nächsten Sekunde die Nationalhymne anstimmen.

»Was führt Sie her?«, fragte Mattern, der noch immer keine Anstalten machte, die Tür freizugeben.

Gerdes zog einen großen braunen Briefumschlag hervor, den er bisher halb hinter seinem Rücken verborgen gehalten hatte. Er streckte dem Kommissar das Kuvert hin.

»Was ist das?«, fragte Mattern, ohne einen Blick darauf zu werfen.

»Datt is mir getz fast ein bissgen unangenehm«, druckste Gerdes herum.

Mattern seufzte und trat einen Schritt in den Flur hinein. Er gab dem anderen mit einer lustlosen Handbewegung zu verstehen, einzutreten.

Er schloss hinter Gerdes die Tür und lotste ihn in das Büro, in dem er vor nicht allzu langer Zeit noch Heitmann vernommen hatte. Der Stuhl stand noch ganz genauso da.

»Setzen Sie sich«, sagte der Kommissar.

Gerdes leistete der Aufforderung Folge und ließ dabei den Umschlag von einer Hand in die andere wandern.

»Also?«, fragte Mattern, der sich mit seinem Hintern gegen den Schreibtisch gelehnt hatte, »was haben Sie da Schönes?«

Gerdes rutschte leicht auf der Sitzfläche nach vorne. Er streckte die Hand aus und übergab seinem Gegenüber das Kuvert. Es schien, als sei er erleichtert, sich endlich von dem Ballast trennen zu dürfen.

»Datt war nämlich so gewesen, Herr Kommissar: Ich war so'n bissgen mit meinem Zeltnachbarn, dem Loddar, ins Gespräch gekommen. Ja, und mir war datt schon so'n bissgen komisch vorgekommen.«

»Was genau?«

»Alles, Herr Kommissar. Mir schien, als wär Heitmann da in irgendwatt reingeraten. Nich, datt Sie mich falsch versteh'n: Er hat nich gesacht, wo oder mit wem er genau zugange war, nur diesen Umschlach … den hat er mir in die Hand gedrückt und hatt gesacht, ich soll da ma besser drauf aufpassen. Er tät mir dann schon Bescheid sagen, wenn er datt Dingen wiederhaben will.«

»Sie sollten das für ihn aufbewahren«, fasste Mattern zusammen. Sein Interesse an dem dicken, mit extra Klebefilm verschlossenen Kuvert war geweckt, doch wollte er sich das auf keinen Fall anmerken lassen. Er blickte sein Gegenüber scheinbar gelangweilt an.

»Und hat Herr Heitmann noch irgendwas dazu gesagt? Zum Inhalt vielleicht?«

Gerdes vollführte eine abwehrende Handbewegung. »Nää. Er hat da recht geheimnisvoll mit getan, sodatt mir datt wie gesacht schon merkwürdig vorgekommen war. Und als ich dann heute noch mitgekriecht hab, watt da für'n Remmidemmi bei ihm vonstattenging, hab ich datt direkt mit die Angst zu tun gekriecht. Ich mein … ich hatt ihm ja in die Hand versprochen, ihm datt Dingen aufzubewahren, aber …«

»Ich verstehe schon«, kürzte der Kommissar ab. »In jedem Fall danke ich Ihnen, dass Sie so schnell vorbeigekommen sind, Herr … Gerdes.«

»Woll?«

Sekunden verstrichen, ohne dass jemand etwas sagte.

»Ich denke, das war's dann«, beendete Mattern die Unterhaltung. »Es sei denn, Sie haben noch mehr auf dem Herzen.«

»Nää, Gott bewahre. Ich wollte nur rein Schiff haben, in zwei Tagen kommt nämlich meine Frau mit die Blagens.«

Gerdes war sichtlich erleichtert, aufstehen und die Dienststelle verlassen zu können.

Mattern begleitete ihn zur Tür und wartete, bis der Zelter aus dem Ruhrpott nicht mehr zu sehen war. Dann kehrte er in sein Büro zurück, nahm den Umschlag auf und wog ihn in den Händen.

Vom Schreibtisch angelte er sich eine Schere und rückte damit dem Klebeband zu Leibe. Mit ein paar mehr oder weniger geschickten Schnitten war das Problem gelöst und der

Umschlag offen. Mattern kippte ihn kopfüber und leerte ihn über dem Schreibtisch aus.

Als Erstes flatterte ihm eine stattliche Anzahl loser Geldscheine entgegen. Bei den meisten davon handelte es sich um Zweihundert-Euro-Noten.

Hauptkommissar Mattern brauchte nicht lange zu zählen, um zu wissen, dass es sich in der Summe um fünfundzwanzigtausend Euro handelte.

Kapitel 20

Doktor Ulrike Klett war eine kleine, drahtige Person. Wiebke Eden schätzte sie auf ungefähr fünfzig. Allerdings hatte sie die Erfahrung gemacht, dass man gerade bei Personen dieses Typs schnell mal gewaltig danebenliegen konnte, was das Schätzen des Alters anging.

Die Ärztin hatte schwarzes, etwa schulterlanges Haar, ein kräftiges Gebiss und eine weinrote Brille, durch deren dünne Gläser sie die Kommissarin aufmerksam musterte.

Es war inzwischen später Nachmittag, aber nicht zu spät für eine gute Tasse Tee, wie die beiden Frauen spontan entschieden hatten. Dazu gab es von einem der Cafés in der Nähe ein Stück echter Spiekerooger Sanddorntorte. Sie saßen im Garten, der ein Stück abseits des Hotels lag. Ein Sonnenschirm war über ihnen ausgespannt und zielgenau nach Südwesten gerichtet.

Die robust erscheinende Ärztin setzte ihre Tasse ab und betupfte sich mit der Serviette sorgfältig die Mundwinkel.

»Sie sind also die neue Kollegin von unserem Inselkommissar«, sagte sie versonnen, ohne den Blick von Wiebke Eden abzuwenden. Sie lächelte, um dann mit einem leicht verkniffenen Gesichtsausdruck ihre Kuchengabel in das Stück Torte auf ihrem Teller zu versenken.

Die junge Beamtin legte ihre Gabel auf den leeren Teller und schob ihn ein Stück weit von sich. »Sagen Sie mal, wer oder was ist dieser Mattern eigentlich?«

Doktor Klett lächelte. »Wieso fragen Sie? Wissen Sie es denn nicht?«

»Nein«, antwortete Wiebke eine Spur patziger als beabsichtigt. »Alle, die ich bisher getroffen habe, haben entweder mit den Augen gerollt, abgewinkt, das Thema gewechselt oder sich anderweitig komisch verhalten. Ich würde zu gerne wissen, was mit diesem Mann los ist, dass er überall solche Reaktionen hervorruft.«

Die Ärztin kratzte mit ihrer Kuchengabel einen Rest Sahne vom Teller. »Mattern ist«, begann sie und streifte genussvoll mit ihren Lippen die Sahne von der Gabel, »ein echtes ostfriesisches Original.« Sie lachte kurz auf, legte die blitzblanke Gabel beiseite. »Wobei ich nicht sagen will, dass alle Ostfriesen so sind. Mattern ist halt eine Besonderheit. Er spricht nicht viel, schon gar nicht über sich selbst. Familie hat er auch keine, soweit ich weiß. Nur seinen Hund.«

»Marlowe«, warf Wiebke lächelnd ein.

»Ach, den kennen Sie immerhin schon.«

»Ich habe auch Mattern bereits kennengelernt«, erklärte die Kommissarin. »Allerdings war er wenig daran interessiert und scheint auch auf unsere Zusammenarbeit keinen Wert zu legen.«

»Das ist normal«, antwortete Ulrike Klett sofort und winkte ab. »Natürlich ist es nicht wirklich normal, aber für ihn … für Hinrich Mattern irgendwie schon. Er hat schon andere Partner von der Insel vergrault. Es täte mir leid, wenn er es auch bei Ihnen schafft. Aber versuchen wird er es ganz sicher.«

»Was glauben Sie, woran das liegt?«, fragte Wiebke. »Woher diese Ablehnung?«

Ihr Gegenüber wiegte den Kopf leicht hin und her. »Ich glaube, er ist es von klein auf an gewohnt, sich allein durchzuwurschteln. Musste wohl früh lernen, auf eigenen Beinen zu stehen, wie es immer heißt.«

»Und wie sicht es mit einer Frau aus? Oder ist er vom anderen Ufer?«

Doktor Klett schüttelte den Kopf. »Nein, nein. Ich glaube nicht. Ich schätze, er hat einfach bisher noch nicht die Richtige gefunden, das ist alles.« Sie beugte sich leicht über den Tisch. »Unter uns: Ich habe mal versucht, bei ihm zu landen, und bin kolossal gescheitert. Seitdem meidet er mich wie Feuer das Wasser.« Sie breitete hilflos die Arme aus. »Was will man machen? Er ist eben kein geselliger Typ und wird es wohl auch nicht mehr werden. Er ist froh, wenn er auf Spiekeroog seine Ruhe hat.«

Wiebke nickte und dachte daran, dass es damit wohl spätestens seit heute Morgen vorbei war. Vielleicht war es ja auch diese Erkenntnis, die ihrem neuen Vorgesetzten über die Leber gelaufen war.

Als hätte Ulrike Klett ihre Gedanken gelesen, fragte die Ärztin plötzlich: »Es hat einen Toten auf der Insel gegeben, richtig? Ein gewisser Camphuusen.«

»Ja«, antwortete Wiebke. »Kannten Sie ihn?«

»Nein.« Die Mundwinkel der Ärztin zuckten. »Ich gehöre wohl zu den wenigen hier, die bisher noch nicht mit ihm zu tun hatten. Nicht einmal für die Begutachtung der Leiche hat Mattern mich angefordert.«

Wiebke überging die Bemerkung zu ihrem Vorgesetzten. »Demnach haben Sie aber schon Leute hier getroffen, die eine Verbindung zu Herrn Camphuusen gehabt haben?«

Die Ärztin deutete in die Richtung, in der das Hotel lag. »Ich komme ja geradewegs von da. Die … Mitarbeiter des Mannes scheinen ein wenig nervös zu sein. Offenbar ist ihnen das Ganze gehörig auf den Magen geschlagen.«

»Sinngemäß oder buchstäblich?«, hakte die Kommissarin nach.

Doktor Klett blieb ernst. »Darf ich nicht sagen. Aber ich habe denen etwas zur Beruhigung dagelassen.«

Interessant, dachte Wiebke. Sie ließ sich von der Ärztin über die Personen aufklären, die sich in Camphuusens Schlepptau befanden.

»Ziemlich eigenartige Leute, wenn Sie mich fragen«, schloss Ulrike Klett. »Deswegen fand ich leider keine Zeit, mich um Sie zu kümmern.« Sie deutete auf die verbundene Hand der Kommissarin. »Aber wie ich sehe, wurde das Problem ja schon fachmännisch gelöst.«

Wiebke Eden hielt ihre Hand hoch, sodass sie beide die Bandagen besichtigen konnten. »Ich hatte Glück im Unglück, erklärte sie, »dass noch eine Ärztin im Hotel war. Frau Doktor Schönhoff und ihr Mann sind als Gäste hier. Kennen Sie die beiden?«

»Ja, tatsächlich. Ich bin Frau Schönhoff vor einiger Zeit schon mal auf der Insel begegnet. Ihr Mann ist ein wenig … seltsam, stimmt's?«

Die Polizistin lächelte flüchtig. »Ich glaube, er ist einer von den Ehemännern, die komplett unter dem Pantoffel ihrer Frau stehen, ohne es selbst zu merken.«

»Ja, das ist ziemlich genau der Eindruck, den ich damals auch von ihm hatte.«

»Er ist gleich losgegangen, um den Einsatzkoffer seiner Frau zu holen«, fuhr Wiebke fort und fügte lachend hinzu: »Sie nannte es allerdings ihre Reiseapotheke.«

Die Medizinerin blinzelte, zog für einen Moment ihre Augenbrauen zusammen, so als hätte sie ein Gedanke gestreift, der sie für einen Moment sehr zu beschäftigen schien.

Doktor Klett blickte auf ihre Armbanduhr und erschrak. »Himmel, ich muss mich beeilen. Ich habe in zehn Minuten meinen nächsten Hausbesuch.« Sie raffte zwei Zehner aus ihrer Geldbörse und legte sie auf den kleinen Tisch. »Sie sind eingeladen. Hat mich gefreut, Sie kennenzulernen, Frau Eden. Und wenn ich Ihnen einen kleinen Rat geben darf: Lassen Sie sich bloß nicht von dem einschüchtern, was sich die Leute über Mattern erzählen. Ich denke, er hat irgendwo in sich auch eine gute Seite. Vielleicht sogar einen weichen Kern. Gott allein weiß allerdings, wo genau. Vielleicht finden Sie ihn eines Tages.«

Damit stand die Ärztin auf, nickte der Kommissarin zu und war im nächsten Moment durch die kleine Pforte, die zur Straße führte, verschwunden.

Wiebke Eden zahlte und schlenderte gestärkt zum Hotel zurück.

Da waren sie. Machten sich gerade auf, vielleicht um vor dem gemeinsamen Abendessen noch einen Spaziergang zu machen.

Eine junge Frau, die etwas blass um die Nase wirkte. Sie hatte den Kopf leicht gesenkt, und es hatte den Anschein, als würde der Mann neben ihr sie eher stützen, als dass er sich wie ein Gentleman bei ihr eingehakt hatte. Allerdings schien er jeden Augenblick auszukosten. Er hatte ihr sein Gesicht zugewandt und schien ununterbrochen auf sie einzureden. Dabei gestikulierte er und lachte abwechselnd. Wiebke konnte das Geräusch sogar wahrnehmen, da der Wind es ein Stück weit vor sich her trug.

Vor dem Paar ging ein hagerer Mann, der in seinem tadellosen hellen Anzug auffiel wie ein bunter Regenschirm in einer Gruppe von Pinguinen. Er trug einen altmodischen Hut, den er sich zum Schutz gegen die sinkende Sonne tief ins Gesicht gezogen hatte. Aber selbst dann schaffte es seine unansehnliche Hakennase noch, darunter hervorzuragen. Vermutlich war es der einzige Zipfel seiner Haut, der in Berührung mit Sonnenstrahlen kam, denn seine Hände hatte der Mann tief in seinen Taschen vergraben.

Die Gruppe kam direkt auf Wiebke zugeschlendert. Mattern musste sie bereits in die Mangel genommen haben. Was mochte dabei herausgekommen sein?

Was für sie, die Kommissarin, aber noch viel wichtiger war, war die Frage, was sie selbst wollte. Etwas an diesen Leuten reizte sie. Sie waren das, was man Camphuusens Familie nennen konnte. Sein engstes Umfeld. Möglicherweise war unter ihnen daher nicht nur das Motiv, sondern auch der Mörder zu suchen.

Sie wollte mit diesen Leuten sprechen, wollte wissen, wer sie waren und was sie dachten. Auf dem Weg zum Ortskern kamen sie ihr entgegen.

Wiebke Eden visierte den Anwalt an und blieb vor ihm stehen. »Entschuldigung … Herr Joost van Felten?«

Der Anwalt stoppte in seiner Bewegung und hob den Kopf. Er sah die junge Frau aus gefühllosen Augen an.

»Doktor«, sagte er mit schnarrender Stimme. »Ich bin Doktor van Felten.«

»Verzeihung«, antwortete sie. »Mein Name ist Wiebke Eden von der Polizei Spiekeroog.«

»Was Sie nicht sagen.« Um die Mundwinkel des Mannes herum zuckte es. »Und was wollen Sie von uns?«

»Es haben sich noch einige Fragen in Bezug auf den Mord an Herrn Camphuusen ergeben«, antwortete Wiebke, insgeheim froh, dass van Felten bisher keine Anstalten machte, sich ihren Dienstausweis zeigen zu lassen. »Das Ganze ist schnell geklärt, denke ich. Haben Sie etwas dagegen, wenn ich Sie ein Stück begleite?«

Van Feltens Augen wurden noch eine Spur schmaler, sein Blick stechender. »Wir haben Ihrem Kollegen bereits alles gesagt, was wir wissen. Ich wüsste nicht, was wir dem noch hinzuzufügen hätten. Oder haben sich etwa nach der Untersuchung der Leiche neue Erkenntnisse ergeben? In dem Fall erwarte ich eine umgehende Aufklärung.«

Sie dachte an die Festnahme von Lothar Heitmann, dem ehemaligen Spediteur. Sie dachte daran, wie sie zu ihrer Handverletzung gekommen war, und daran, dass er möglicherweise der Mörder Camphuusens war. Aber zugleich schien ihr etwas daran zu schnörkellos zu sein, zu perfekt. Natürlich mochte er Gründe gehabt haben, seinen ehemaligen Geschäftspartner um die Ecke zu bringen. Vielleicht hatte er es sogar versucht. Aber hatte er den Mann wirklich nach draußen auf die Muschelbänke gelockt, um ihm dort diese grässlichen Verletzungen beizubringen? Was, wenn die Motive des Mordes ganz woanders lagen?

»Keine neuen Erkenntnisse so weit«, antwortete die Kommissarin ausweichend. »Wir werden Sie jedoch benachrichtigen, sobald wir mehr wissen.«

»Das ist nicht sehr befriedigend«, schnarrte van Felten und setzte seinen Weg wie selbstverständlich fort.

Wiebke Eden ließ ihn gehen und kümmerte sich stattdessen um die beiden anderen, die sie neugierig ansahen.

»Wir stehen alle noch ein wenig unter Schock«, erklärte Tjark Rütters, der die vorausgegangene Unterhaltung mitverfolgt hatte, ebenso wie die junge Frau an seinem Arm. »Besonders Frau Arnold ist noch lange nicht über die schlimme Nachricht hinweg. Wir mussten sie von einer Ärztin regelrecht aufpäppeln lassen, damit sie in der Lage ist, das Hotel zu verlassen.«

»Ach, jetzt lass doch!«, fuhr Celine Arnold ihren Begleiter an. Sie nutzte diesen Ausbruch, um sich von ihm loszureißen. Ihr Blick war unsicher, fand kein rechtes Ziel.

Gemeinsam setzten sie sich wieder in Bewegung, der Ortsmitte entgegen, wo die Cafés und Restaurants lagen.

»Es tut mir leid, wenn ich Ihnen lästig bin, aber ich würde gerne wissen, wie der Nachlass von Herrn Camphuusen geregelt wird. Er hatte doch mit Sicherheit vor seinem Tod ein Testament verfasst?«

Van Felten antwortete, ohne dabei stehen zu bleiben. »Sie werden schon die offizielle Testamentseröffnung abwarten müssen, wenn Sie Näheres darüber erfahren wollen.«

»Gut, wie Sie meinen«, antwortete die Kommissarin. »Und wie sieht es mit seiner Position in der Firma aus? Ich meine, dort hinterlässt Herr Camphuusen doch wohl ebenfalls eine große Lücke.«

»Das tun große Männer immer«, gab der Anwalt zurück. Er beobachtete die Ermittlerin von der Seite, aus den Augenwinkeln heraus. Dabei war das Interesse, das er ihr schenkte, kaum größer als das, welches er einer Stechfliege entgegengebracht hätte.

»Wer leitet die Firmengeschäfte nach seinem Tod?« Wiebke Eden blieb beharrlich.

»Das werden bis auf Weiteres wir drei erledigen«, erklärte Tjark Rütters. »Das ist kein Geheimnis und daher auch keine Überraschung. Wir sind in die aktuellen Abläufe am ehesten eingeweiht.«

»Es bedeutet für Sie drei doch sicher eine ganz enorme Verantwortung?«

»Keine Sorge«, entgegnete Rütters, »wir sind dem allen gewachsen.«

»Das hat Camphuusen sicher auch von sich gedacht«, sagte Wiebke Eden.

Die drei blieben auf der Stelle stehen. Van Felten drehte sich zu ihr um. Sein Schatten fiel auf sie wie eine dunkle Bedrohung. Sein bleiches, kantiges Gesicht schimmerte unter der Hutkrempe hervor.

»Wie haben Sie das gerade gemeint?« Die Stimme des Anwalts klang gefährlich leise.

Wiebke Eden hätte sich jetzt am liebsten auf die Zunge gebissen. Sie fühlte sich für eine Sekunde wie eine Dompteurin, der man eine unberechenbare Raubkatze vorgesetzt hatte.

Und van Felten lauerte. Lauerte auf das, was sie erwidern würde, um abzuwägen, ob sich daraus ein Strick drehen ließ.

»Ich habe den Eindruck, dass hier etwas aus dem Ruder gelaufen ist«, sagte sie vorsichtig. »Herr Camphuusen hat es, was immer *es* gewesen ist, unterschätzt. Deswegen ist er jetzt tot. Und ich habe mich gerade gefragt, wie es wohl seinen Nachfolgern gehen wird, wenn sie denselben radikalen und menschenunwürdigen Kurs beibehalten.«

Celine Arnold stieß einen heiseren Laut aus. Sie tastete wie eine Blinde umher, bis sie Rütters Arm fand, um sich dort wieder einzuhängen.

Der sonnengebräunte Schönling fing sie gekonnt auf. Er schien in seiner neuen Rolle als Beschützer vollkommen aufzugehen. Als er seinen Blick jedoch von ihr ab- und der Kommissarin zuwandte, veränderte sich etwas darin. Er wurde hart und kalt. Unerbittlich. Wie eine fast noch jugendliche Ausgabe des Anwalts.

»Sie können uns gerne Fragen stellen«, sagte er leise, aber bestimmt. »Aber für solche makabren Aussagen sind wir nicht zu haben, klar? Wir haben weiß Gott jetzt andere Dinge zu tun.«

»Sie wird sich dafür verantworten müssen«, entschied van Felten, als sei die Kommissarin Luft, was seiner eigenen Wahrheit vermutlich sogar recht nahe kam.

Er sah sie noch immer an, genauso gefühllos wie bisher. Seine Mundwinkel begannen wieder zu zucken. Sie leiteten ein Lächeln ein, das keines war. Es war das Versprechen, das einzulösen, was er gerade angekündigt hatte. Ein Versprechen, das er mit einem süffisanten und hämischen Gesichtsausdruck untermalte.

»Sonst noch was?«, fragte Rütters, der sich zwischen van Felten und die Kommissarin schob und damit den makabren Zauber zerstörte, der dieser Situation innegewohnt hatte.

»Nein«, antwortete Wiebke Eden. Sie nahm Rütters beiseite, wollte das Blickduell mit van Felten weiter ausfechten, doch der befand sich bereits wieder in Bewegung. Er schlenderte scheinbar fröhlich und leichtfüßig den Weg hinunter.

»Ich werde herausfinden, wie es gewesen ist«, rief ihm Wiebke hinterher.

Van Felten hob im Gehen die rechte Hand und winkte kurz.

Einladung angenommen.

Kapitel 21

Die junge Kommissarin kehrte mit einem Kopf voller Gedanken in ihr Haus zurück. Es arbeitete in ihr, die Gedanken überschlugen sich oder versuchten, sich selbstständig neu zu sortieren, ein Vorgang, den Wiebke Eden kaum noch selbsttätig abstellen konnte.

Sie hatte sich zwischendurch mit einigen Lebensmitteln versorgt und verbrachte die Zeit bis zum Abend damit, sich weiter häuslich einzurichten. Hier war noch viel zu tun, aber sie war mehr als bereit, diese Herausforderungen anzunehmen.

Immerhin, es war elektrischer Strom vorhanden, sodass der kleine Kühlschrank in der Küche brummend aus seinem Tiefschlaf erwachte. Wiebke füllte ihn auf und nahm gegen neunzehn Uhr ein einfaches Abendbrot ein, zusammen mit einer Kanne Tee, die sie sich ins Wohnzimmer gestellt hatte.

Sie hatte ihren Laptop ausgepackt. Mithilfe eines Sticks, den sie von ihrem Telefonanbieter erhalten hatte, gelang es ihr sogar, eine Verbindung zum Internet herzustellen. Die war wackelig, mehr als der Kommissarin lieb war, doch im Großen und Ganzen ließ sich damit arbeiten.

Wiebke wischte sich einen Brotkrümel aus dem Mundwinkel und schob ihren Teller beiseite. Neben ihr dampfte der Tee, während sich draußen langsam die Sonne über der Nordsee senkte, um kurz darauf darin einzutauchen, ein Schauspiel, was regelmäßig viele Touristen an die Strände der Ostfriesischen Inseln trieb.

Nicht Wiebke Eden. Jedenfalls nicht heute Abend.

Sie hatte zweimal versucht, bei Mattern anzurufen. Das zweite Mal sogar mit Erfolg. Wenigstens war er an den Apparat gegangen. Sie wollte Informationen zu Heitmann, doch Mattern rückte sie nur ungern und zudem noch in spärlicher Form heraus. Die Faktenlage sprach gegen den ehemaligen Partner Camphuusens. Er hatte von allen scheinbar das stärkste Motiv, er hatte das Opfer zweimal in der Nacht angerufen, er hatte ein Treffen gestanden, und neben den erpresserischen Unterlagen war auch Camphuusens Geld bei ihm aufgetaucht. Nun, nicht direkt bei Heitmann, es war vielmehr durch den Zeltnachbar Gerdes überbracht worden, aber auch nur, weil Heitmann das verräterische Kuvert hatte aus dem Weg haben wollen. Laut Heitmanns Aussagen, an denen er weiter festzuhalten schien, war Camphuusen lediglich bewusstlos gewesen, als er ihn am Südergroen verlassen hatte. In diesem Fall wäre persönliche Bereicherung – Geld – das Hauptmotiv für die Tat gewesen.

Wiebke Eden dachte sehr intensiv darüber nach. Sie kramte aus ihrem Rucksack eine Schreibkladde, die sie mit flinken Fingern aufklappte. Ohne aufzustehen, angelte sie sich mit kippelndem Stuhl und ausgestreckten Fingern einen Kugelschreiber von dem kleinen Bord neben der Tür.

Sie notierte Namen. Celine Arnold, Tjark Rütters, Joost van Felten. Die drei schien etwas zu verbinden. Ein Geheimnis? Es war durchaus denkbar, dass sie alle vom Ableben Camphuusens profitierten. Vielleicht bedeutete sein Tod eine Rückkehr zu moderateren Geschäftsmethoden, die sie insgeheim favorisierten. Möglich, dass Camphuusen ihnen dabei im Weg gestanden hatte. Vielleicht war sogar Geld von irgendwoher geflossen, damit sie sich um sein Ende kümmerten.

Wiebke zog um diese drei Personen einen Kreis und verband zusätzlich Celine Arnold und Tjark Rütters mit einem Pfeil. Die beiden hatten etwas miteinander, das war auf den ersten Blick ersichtlich. Aber harmonisch schien ihre Beziehung dennoch nicht zu verlaufen. Vielleicht, weil sie etwas gestört hatte …

Die Schönhoffs. Wiebke notierte ihre Namen, weil sie ihr als Nächstes einfielen. Doktor Gabriele Schönhoff und ihr Mann Dietmar. Eine Frau konnte die Tat unmöglich ausgeführt haben. Sie konnte aber sehr wohl die Antriebsfeder zu einem solchen Verbrechen gewesen sein. Das Paar war Camphuusen bereits vor einiger Zeit hier auf Spiekeroog begegnet. Es war also durchaus denkbar, dass es zwischen ihnen Verbindungen gab, die bisher noch gar nicht zur Sprache gekommen waren. Dietmar Schönhoff war das perfekte Mordwerkzeug. Der kräftige Handlanger, der sich dem starken Willen seiner Frau bedingungslos unterordnete. Aber würde er so weit gehen, einen Mord für sie zu verüben?

Die Kommissarin machte hinter die beiden ein Fragezeichen. Hilke Fock und Robert Meyberg. Für die beiden kam eine ähnliche Konstellation infrage. Die Journalistin hatte ein starkes Motiv, das aus persönlichem Hass gegen Camphuusen bestand. Hass gegen ihn und das, wofür er stand. Ihr wäre auch zuzutrauen, sich eine solche Idee wie die Sache mit den Pazifischen Austern auszudenken. Sie hatten nicht versucht, Camphuusens Leiche zu verstecken. Im Gegenteil. Sie sollte dort gefunden werden, wo sie letztlich aufgetaucht war. Nackt, entstellt, der Öffentlichkeit schamlos preisgegeben. Wenn das keine Rache an dem verhassten Mann war …

Aber war Meyberg mit Dietmar Schönhoff vergleichbar? Würde er sich Hilke Fock derart bedingungslos unterordnen? Mit Sicherheit nicht, dachte Wiebke. Es sei denn … es sei denn, er handelte aus einem eigenen Antrieb heraus. Vielleicht hatte sich Meyberg eben doch nicht aus den Aktionen gegen Camphuusen herausgehalten. Vielleicht hatte er bisher nur geschickt verborgen, wie tief er tatsächlich darin verstrickt gewesen war. Die nötige Kraft, einen Mann über die Muschelbank zu schleifen, hatte er in jedem Fall. Mit ein bisschen Hilfe vielleicht …

Wiebkes Gedanken stockten, kehrten kurz zu Heitmann zurück, um dann seinen Zeltnachbarn Gerdes zu streifen. Der typische Ruhrpott-Urlauber, mit so vielen Klischees behaftet, dass er beinahe wie eine Abziehfigur wirkte. Ob er wirklich eine Frau hatte, die mit zwei Kindern aus Essen anreiste? Und falls ja, warum kam sie erst später nach? Wiebkes Finger ihrer linken Hand trippelten leicht nervös auf der Tischplatte herum. Die Ferien, dachte sie. Natürlich. In Nordrhein-Westfalen hatten die Sommerferien noch nicht begonnen. Gerdes hatte sich scheinbar nichts zuschulden kommen lassen. Er hatte das Kuvert mit dem Geld bei Mattern abgeliefert. Vielleicht, um sich reinzuwaschen, überlegte die Kommissarin. Oder aber ihm war die Sache zu heiß geworden, und er beging einen

Rückzieher, als es Heitmann an den Kragen ging. Ein anderes Motiv als Geldgier schien für Gerdes nicht infrage zu kommen. Vielleicht war er auch tatsächlich nur der Außenstehende, der Urlauber, der sehnsüchtig auf das Eintreffen seiner Familie wartete.

Weitere Fragezeichen landeten auf Wiebkes Blatt.

Sie legte den Kugelschreiber beiseite und trank einen Schluck Tee, ohne ihren Blick von ihrer Arbeit abzuwenden. Etwas störte sie an ihren Aufzeichnungen, doch sie konnte unmöglich sagen, was es war.

Etwas fehlte. Eine bestimmte Information. Und das Schlimme dabei war: Sie wusste, dass sie diese bereits erhalten hatte. Sie schlummerte irgendwo tief in ihr. Wiebke hatte Angst, dass dieses winzige Detail verkümmern und eingehen würde, wenn es ihr nicht gelang, es an die Oberfläche ihrer Gedanken zu bringen.

Die Namen auf dem Papier begannen vor ihren Augen zu verschwimmen. Was war, wenn Mattern mit Heitmann bereits den Mörder gefasst hatte? Was war, wenn jemand von außerhalb gekommen, die Tat begangen und danach längst wieder verschwunden war? Wäre es nicht das Natürlichste auf der Welt, das Weite zu suchen und möglichst viel Abstand zwischen sich und der Leiche zu bringen?

Ein kalter Hauch fegte durch den Raum und ließ die Seiten vor Wiebke flattern. Der Wind hatte eines der Fenster aufgedrückt.

Die Kommissarin stand auf, um es zu schließen. Sie griff danach und erstarrte. Hinter dem Haus war jemand! Er duckte sich in dem Augenblick weg, in dem Wiebke für einen kurzen Moment aus dem Fenster sah.

Sie kniff ihre Augen zusammen und starrte hinaus.

Niemand. Draußen in der Dämmerung lag die alte Inselkirche. Ihr Dach zeichnete sich gegen die untergehende Sonne ab. Das Gebäude warf lange Schatten. In einem davon war der Unheimliche verschwunden. Die Kommissarin war sich sicher, dass er ihr Haus beobachtet hatte. Vielleicht sogar sie selbst, wie sie hier saß und sich Gedanken um den Mord machte.

Mit einer raschen Bewegung schloss sie das Fenster und vergewisserte sich, dass der kleine eiserne Riegel auf der Innenseite auch richtig eingerastet war.

Sie sah noch einmal durch die Scheibe nach draußen. Nichts. Die Straße lag verlassen vor ihr.

Wind spielte um das Haus, zerrte an den alten Fensterläden. Draußen wurden die Schatten zusehends lang und länger. Das Haus ächzte, atmete.

Wiebke stand am Fenster, ließ ihre Hände sinken. Sie fröstelte, wandte sich ab, um sich eine Strickjacke überzuziehen. Fast war sie versucht, den Ofen anzuheizen. Sie kehrte zu ihrem improvisierten Arbeitsplatz zurück, trank einen Schluck Tee, der längst nicht mehr warm war.

Der Abend brachte nicht nur den Wind, sondern auch eine empfindliche Kühle mit sich.

Und plötzlich war der Augenblick da, in dem sich der Gedanke an die Oberfläche arbeitete. Er schoss in die Höhe wie ein Korken vom Grund eines Beckens. Ihr Frösteln hatte sie an die Schönhoffs erinnert. An die defekte Klimaanlage, die ihnen ein perfektes Alibi für die ungewöhnliche Tatzeit verschafft hatte. Aber das allein war es nicht. Wiebke Eden war ihre eigene Unterhaltung mit der Inselärztin Ulrike Klett wieder eingefallen. Sie hatten kurz über die Schönhoffs gesprochen. Der Kommissarin war dabei eine Merkwürdigkeit aufgefallen. Ulrike Klett hatte für einen Moment innegehalten, als Wiebke das Gespräch auf Frau Doktor Schönhoff und ihren Einsatzkoffer, den sie offenbar selbst im Urlaub bei sich trug, gelenkt hatte. Kollegin Klett schien das irgendwie merkwürdig vorgekommen zu sein, so als könnte sie sich gefragt haben …

Was? Was hatte sie sich in diesem Augenblick gefragt?

Fieberhaft öffnete Wiebke ein neues Fenster ihres Internetbrowsers. Sie suchte nach einer Telefonnummer, fand sie schon nach kurzer Zeit und gab die Zahlen in die Tastatur ihres Handys ein.

In der Leitung baute sich die Verbindung auf. Der Rufton war überdeutlich zu hören. Vielleicht lag es aber auch nur daran, dass die Kommissarin sich ihr Handy so fest gegen ihr linkes Ohr presste.

Endlich wurde sie erlöst. Eine Stimme meldete sich am anderen Ende.

»Ja?«

»Wiebke Eden hier. Entschuldigen Sie bitte die späte Störung, Frau Doktor Klett.«

»Sagen Sie Ulrike zu mir«, antwortete die Ärztin.

»Ulrike, gut«, antwortete die Kommissarin, lächelte dabei und wurde gleich wieder ernst. »Erinnern Sie sich an unsere Unterhaltung von heute Nachmittag? Wir sprachen über den Mord an Camphuusen und kamen dabei auch auf das Ehepaar Schönhoff.«

»Natürlich. Ich erinnere mich.«

»Es geht mir nur um eine kleine Sache«, fuhr Wiebke fort. »Vielleicht ist sie unbedeutend, aber irgendwie geht sie mir seitdem nicht mehr aus dem Kopf. Ich habe Ihnen doch erzählt, dass Doktor Schönhoff meine Hand versorgt hat. Und dass sie ihren Arztkoffer dabeigehabt hat.«

»Auch daran erinnere ich mich«, antwortete Ulrike Klett.

»Sie haben dabei so … merkwürdig reagiert. So als sei die Sache mit dem Koffer etwas vollkommen Ungewöhnliches. Darf ich fragen, woran Sie in exakt dem Augenblick gedacht haben?«

Für die Dauer einiger Sekunden machte sich Stille in der Leitung breit. Die Ärztin schien die Szene vom Nachmittag zu rekapitulieren, schien sich alle kleinen Details wieder in Erinnerung zu rufen.

»Es betraf gar nicht so sehr den Koffer«, antwortete die Ärztin schließlich. »Es ging vielmehr darum, dass Frau Schönhoff anscheinend noch immer anderen gegenüber als praktizierende Ärztin auftritt und sich Doktor nennt.«

»Ja, ist sie das denn nicht?«, fragte Wiebke verwundert.

»Den Doktortitel hat sie noch, soweit ich weiß«, antwortete die andere, »aber ihr wurde vergangenes Jahr ihre Zulassung als Ärztin aberkannt.«

»Warum das?«

»Jemand hat sie verklagt. Es kam zu einem Prozess. Ihr wurden unerlaubte Behandlungsmethoden und der Einsatz eines noch nicht zugelassenen Medikaments vorgeworfen. Die Richter haben der Anklage schließlich recht gegeben.«

»Wissen Sie zufällig, wer der Kläger war?«

»Die betroffene Patientin, die aufgrund der Behandlung verstarb, war, soweit ich weiß, eine Schwester von Camphuusens Anwalt.«

»Joost van Felten«, entfuhr es Wiebke Eden.

»So ist es. Er hat eine ziemlich große Sache daraus gemacht. Sicher war es das auch. Es ist ihm jedenfalls gelungen, noch zwei weitere Fälle auszugraben, in denen die Behandlung durch Frau Schönhoff mit schwerwiegenden Folgen fehlgeschlagen war.«

»Oh, mein Gott«, flüsterte die Kommissarin. Sie bedankte sich bei Doktor Klett und legte auf. Sie ließ ihr Handy sinken. Sie tat es langsam.

Draußen war es inzwischen dunkel geworden, es war kurz vor zweiundzwanzig Uhr, ihr restlicher Tee war in der Kanne erkaltet.

Sie hätte sich auf ihre erste Nacht in ihrem neuen Heim vorbereiten sollen, vielleicht auch gedanklich auf ihren ersten Arbeitstag auf der neuen Dienststelle. Nichts von alledem schien ihr in diesen Augenblicken wichtig zu sein.

War sie auf einer neuen Spur? Sie wusste es nicht.

Sie kramte in den Broschüren, die sie vor Wochen schon über Spiekeroog gesammelt hatte, und wählte die Nummer des Hotels Spiekeroog. Eine unbekannte Stimme meldete sich.

Die Kommissarin fragte nach Herrn Sprekkelsen. Der Mitarbeiter verkündete, dass der Kollege noch da sei. Sie habe Glück, da seine Schicht in zwei Minuten enden würde. Der Angestellte versprach, den Kollegen ans Telefon zu holen, es würde nur einen winzigen Moment dauern.

Tatsächlich verstrichen mehrere Minuten, bis sich Sprekkelsen meldete.

»Hier spricht Wiebke Eden, die neue Kommissarin. Wir hatten noch nicht das Vergnügen miteinander, glaube ich. Ich benötige eine Auskunft von Ihnen. Ich werde sie vertraulich behandeln.«

Ein verlegenes Räuspern in der Leitung. »Ist in Ordnung«, antwortete der Hotelangestellte.

»Es betrifft Ihren Dienst heute Morgen«, fuhr Wiebke fort. »Ist es zutreffend, dass Sie gegen sechs Uhr in der Früh in eines Ihrer Zimmer gerufen wurden, um sich eine defekte Klimaanlage anzusehen?«

»J-ja, das ist richtig«, antwortete Sprekkelsen zögernd.

»Würden Sie mir bitte verraten, wer das Zimmer im Augenblick bewohnt?«

»Ist diese Frage … von großer Wichtigkeit?«

»Im Augenblick schwer zu sagen. Ich würde vermuten, ja.«

»Gut. Die Anfrage kam aus Zimmer zweihundertdrei. Es wird bewohnt von Frau Doktor Schönhoff und ihrem Mann.«

»Danke, das deckt sich mit meinen Informationen«, sagte die Kommissarin. »Sie sind dann gleich dorthin gegangen, nehme ich an. Waren beide Schönhoffs im Zimmer, als Sie eintrafen?«

»Ja. Beide.«

»Würden Sie mir nun bitte noch verraten, was mit der Klimaanlage nicht in Ordnung gewesen ist?«

Sprekkelsen zögerte. Wiebke Eden hörte ihn leise ins Telefon atmen. »Eigenartig, dass Sie mich danach fragen«, sagte er und legte eine erneute Pause ein. »Ich konnte nämlich auf den ersten Blick keinen Fehler feststellen. Die Anlage war auf die niedrigste Temperatur eingestellt und der Regler ließ sich aus irgendeinem Grund nicht mehr bewegen. Ich habe daraufhin das Gerät komplett vom Strom genommen.«

»Aha«, sagte die Polizistin. Sie war nicht zufrieden mit der Aussage des Mannes.

Sie hörte es in der Leitung rascheln. Offenbar kramte Sprekkelsen in der Nähe der Rezeption in irgendwelchen Papieren.

»Ich habe hier den Beleg des Technikers, der heute hier war«, meldete er sich nach kurzer Zeit zurück. »Er hat den Fehler auf der Rechnung notiert. Anscheinend hat der Drehregler der Anlage nur geklemmt, weil da irgendjemand ein zusammengefaltetes Stück Papier reingestopft hat.«

Wiebke horchte auf. »Ich danke Ihnen für die Auskunft.«

»Ist irgendwas nicht in Ordnung?«, fragte Sprekkelsen.

Eine ganze Menge, dachte Wiebke. Laut sagte sie: »Nein, nein, machen Sie sich keine Sorgen. Es handelt sich nur um ein paar Routinefragen.«

Die Aussage war idiotisch, und das hatte offenbar selbst Sprekkelsen bemerkt. »Ah ja«, antwortete er gedehnt und in einem Ton, der mehr verwirrt als zufrieden klang.

Wiebke Eden hatte es plötzlich eilig, sich von dem Mann zu verabschieden.

Wieder rasten ihre Gedanken.

Eine Spur, dachte sie. *Ich bin auf eine Spur gestoßen.* Auf eine, die möglicherweise bisher niemand auf der Rechnung gehabt hatte. Noch war sie allerdings nicht ganz klar.

Die Schönhoffs trieben irgendein krummes Spiel. Nur welches?

Gabriele Schönhoff hatte irgendwelche krummen Dinger gedreht. Möglicherweise nicht einmal mit böser Absicht. Wer wusste schon, warum die Patientin tatsächlich gestorben war? Anwalt van Felten musste jedoch vollkommen von der Schuld der Ärztin überzeugt gewesen sein, denn er hatte einen bitteren Feldzug gegen sie geführt.

Eine Aussage kam der Kommissarin in den Sinn. Etwas, das sie nur von Mattern gehört haben konnte, als er sie gnädigerweise bei ihrem Treffen auf dem Zeltplatz eingeweiht hatte. Eine Aussage zu Joost van Feltens Arbeitsweise. Dass er sich erst dann mit dem Ergebnis eines Prozesses zufriedengab, wenn er die gegnerische Partei fertiggemacht hatte. Er würde es sicher anders nennen, aber letztlich lief es doch darauf hinaus, dachte Wiebke.

Die Schönhoffs hatten also allen Grund, Joost van Felten zu hassen. Dennoch war nicht der Anwalt gestorben, sondern Camphuusen. Wie passte das zusammen? Man konnte die beiden Männer unmöglich miteinander verwechselt haben.

Es sei denn, dachte sie … Es sei denn …

Wiebke Eden wirbelte herum. Sie griff erneut nach ihrem Handy, wählte eine Nummer und betete, dass sich dort noch jemand meldete.

Kapitel 22

Er trat über die Schwelle. Der Korridor lag im Halbdunkel. Auf der anderen Seite angenehme Temperaturen, angenehmes Licht. Keine hellen Strahler, die in den Augen schmerzten. Kein direktes Licht, sondern sorgfältig eingesetzte Spots und eine Reihe von dezenten Lampen, die an Teelichter erinnerten, auf dem Rand der in den Boden eingelassenen Badewanne. Während er in seinen eigenen Filzpantoffeln und seinem eigens von zu Hause mitgebrachten Bademantel auf die Wanne zutrat, genoss er die absolute Stille um sich herum. Keine krakeelenden Kinder, kein Geschnatter, Gekicher und Gelächter, das ihn den ganzen Tag im Hotel oder generell auf der Insel umgeben hatte.

Im Laufe der Jahre, so schien es, hatte er eine deutliche Aversion gegen Geräusche fast aller Art entwickelt, vor allem gegen solche, die von anderen verursacht wurden.

Gläserklirren im Restaurant, Schritte, Durchsagen in Zügen oder Flugzeugen, Straßenmusikanten, Motorgeräusche, laute Stimmen, aber ebenso leise und flüsternde Stimmen, die ihn aufregten, weil sie meist einen zischenden Unterton besaßen und letztlich genauso deutlich zu hören waren.

Er liebte die Ruhe. Und hier war er von ihr umgeben. Er hatte dieses Abteil des Wellnessbereichs ganz für sich allein. Das Ergebnis einer rechtzeitigen Reservierung, garniert mit einem anständigen Trinkgeld.

Van Felten wusste, dass absolute Ruhe und Entspannung rar gesäte Güter waren in der heutigen Zeit.

Er schlüpfte aus seinen Pantoffeln.

Der seidene Bademantel glitt von seinem mageren Körper und erzeugte dabei nichts als ein kaum wahrnehmbares Rascheln.

Van Feltens Schulterblätter ragten spitz aus seinem Rücken, über den sich eine pergamentartige und fast schneeweiße Haut spannte, unter der ein weitverzweigtes Geflecht blauer Adern verlief. An der linken Hüfte befand sich ein fast tellergroßer blassrosa Fleck, das Ergebnis einer so gut wie vollständig auskurierten Schuppenflechte, die ihm in den letzten Wochen und Monaten arg zugesetzt hatte.

Aus dem von einer dichten Schaumkrone bedeckten Badewasser stieg leichter Dampf auf, der von ätherischen Ölen durchsetzt war.

Van Felten atmete tief ein und bildete sich sofort ein, etwas besser Luft zu bekommen.

Vorsichtig, sehr vorsichtig trat er näher an den Rand der Wanne, bis er die Zehen seines linken Fußes in den Schaum, in das Wasser eintauchen konnte.

Heiß. Sehr heiß, aber genauso war er es von zu Hause gewohnt. Schädlich, sicher. Aber van Felten war noch nie jemand gewesen, der sich großartig um die Meinungen anderer geschert hatte. So auch nicht im Falle seiner Ärzte.

Er tauchte sein rechtes Bein ganz ein und ließ das linke kurz darauf folgen.

Seine Füße berührten sich. Sein spitzer Hintern begann sich vorsichtig zu senken, bis er am Boden der Wanne auf Widerstand stieß.

Joost van Felten streckte seine Beine aus, und aus seiner knöchernen Brust drang ein langgezogener, fast seufzender Laut.

Er lehnte seinen Kopf gegen das weiche Kissen, schloss die Augen und genoss die Wärme des Wassers.

Es tat seine Wirkung. Die Wirkung, die es immer auf ihn ausübte, eine beruhigende Wirkung. Eine, die ihn bereits nach ein paar Minuten schläfrig machen würde. Merkwürdig genug, dachte er, dass dies die einzige Möglichkeit für ihn darstellte, komplett abzuschalten.

Doch plötzlich riss er die Augen auf. Sein Wohlbehagen zerplatzte wie eine der schillernden Seifenblasen auf seinem Badewasser.

Er hatte ein Geräusch gehört. Ziemlich sicher aus dem Korridor, der hinter ihm lag. Die Tür an seinem Ende war abgeschlossen, da war sich van Felten sicher. Er war ein Perfektionist und als solcher vergaß er nichts. Absolut gar nichts.

Er drehte den Kopf. Seine Adleraugen fixierten den Eingang zum Korridor. Er verengte sie zu Schlitzen, versuchte, die optimale Sehschärfe herauszuholen. Kein Schatten im Halbdunkel. Keine menschlichen Umrisse, keine huschenden Bewegungen. Und kein Geräusch. Es war absolut nichts zu hören. Wenn da jemand sein sollte, dann stand er jetzt vermutlich stocksteif da, mit flacher Atmung darauf bedacht, nur ja keinen Laut zu erzeugen.

Van Felten nahm die Arme aus dem Wasser, stützte seine Ellenbogen auf dem Wannenrand ab, jederzeit bereit, aufzuspringen. In dieser Haltung verharrte er. Eine Minute. Zwei. Seine Arme begannen zu zittern. Noch immer starrte er in den Korridor hinein. Noch immer lauschte er. Noch immer war er wachsam, so wie er es sein ganzes Leben lang gewesen war. Wachsam und misstrauisch.

Er hielt durch, zählte in Gedanken bis hundert. Dann gab er dem fordernden Drängen seiner nachlassenden Armmuskulatur nach und ließ sich zurück ins Wasser sinken. Ein nahezu lautloser Vorgang. Nur ein paar Blasen zerplatzten.

Vielleicht hatte er sich geirrt. Vielleicht war nur eines der schrecklichen Kinder von der anderen Seite des Hotelflurs hierherauf gerannt und hatte die Klinke probiert. Die zur verschlossenen Tür.

So oder ähnlich musste es sich abgespielt haben. War diese Lösung zufriedenstellend für ihn? Nicht ganz, da sie keine Gewissheit beinhaltete, und die gehörte für ihn als Anwalt nun mal zum Glücklichsein dazu. Aber genauso wusste er, dass man sich oftmals mit Kompromissen zufriedengeben musste und dass es so etwas wie die absolute Gewissheit nicht gab.

Das Wasser war noch immer heiß genug, um seine Wirkung zu tun. Er ließ es zu, genehmigte sich selbst den Luxus, sich zu entspannen. Sein Kopf bettete sich auf das weiche Kissen am oberen Rand der ovalen Wanne.

Joost van Felten schloss nach einer Weile die Augen, noch immer wachsam und noch immer auf jedes noch so kleine Geräusch achtend.

Irgendwo in weiter Ferne war eine Kinderstimme zu hören. Nur einmal kurz.

Siehste, dachte van Felten. Das Geräusch verstummte rasch und kehrte nicht zurück.

Seine Lider waren noch immer geschlossen. Die Wärme durchflutete seinen Körper, seine zuletzt so geforderten Muskeln entspannten sich.

Er schlief ein, ertappte sich sofort dabei und öffnete die Augen weit. Blick auf den Korridor. Nichts. Keine Bewegung. Niemand.

Er seufzte leicht, als ihn die Dunkelheit erneut umfing. Sekunden vergingen, wurden zu Minuten.

Als er mit einem jähen, entsetzten Laut auf den Lippen erneut die Augen aufriss, war eine dunkle Gestalt direkt über ihm. Van Felten blinzelte, glaubte, etwas zu erkennen, wollte schreien, doch es war zu spät.

Er sah einen länglichen Gegenstand auf sich zuschnellen. In der nächsten Sekunde knallte ihm etwas mit voller Wucht gegen die linke Schläfe.

Van Felten schrie auf. Sein Kopf wurde zur Seite geschleudert. Dass er auf dem Wannenrand aufprallte, spürte er bereits nicht mehr.

Kapitel 23

»Das Fahrrad ist beschlagnahmt! Dringender Polizeieinsatz!«

»He, was soll denn das? Sind Sie verrückt geworden?« Der Mann in den schmutzigen Shorts, die davon zeugten, dass er, angetrunken, wie er war, mit seinem Fahrzeug auf seinem Weg schon mindestens einmal gestürzt war, machte eine unbeholfene Geste. Seine Hände wollten nach der Kommissarin schnappen, griffen jedoch ins Leere. Er taumelte einen Schritt nach vorne, blieb wankend stehen und sah die Beamtin aus glasigen Augen an.

»Geben Sie mir mein Dings … mein Fahrrad zurück!«

Wiebke Eden schwang sich auf den Sattel und trat in die Pedale. Im Wegfahren blickte sie noch einmal über ihre Schulter zurück.

»Sie hätten hier sowieso nicht fahren dürfen!«

Der Mann mit der schmutzigen Hose und den angeschrammten Knien krakeelte etwas hinter ihr her, was Wiebke bereits nicht mehr verstand.

Sie bog im nächsten Augenblick in den Richelweg ein, der sie an einigen Häusern vorbeiführte. In den meisten brannte noch Licht. Der Wind griff mit kalten Fingern durch Wiebkes Haar und ließ es flattern.

Sie überquerte den Wüppspoor und erreichte den Pollerdiek. Das Hotel befand sich keine zehn Meter von ihr auf der rechten Seite der Straße. Es wurde von außen angestrahlt. Aus den meisten Zimmern drang Licht herunter. Einige waren dunkel, geheimnisvoll. Schwarze Scheiben, hinter denen sich alles Mögliche verbergen konnte.

Wiebke erreichte das Hotel, fuhr bis zum Eingang, wo sie abrupt abbremste. Sie warf das Rad achtlos beiseite und stürmte durch die Glastür ins Innere. Von ihrem Haus bis hierher hatte sie dank des Fahrrads kaum mehr als acht Minuten gebraucht.

Sprekkelsen erwartete sie bereits. Sein Gesicht war von hektischen roten Flecken übersät, als er hinter der Rezeption hervortrat und sich auf die Kommissarin zubewegte.

»Wo ist es?«, fragte Wiebke knapp.

»Wir müssen nach oben«, antwortete der Angestellte knapp und bewegte sich bereits auf eine Tür zu, hinter der sich das Treppenhaus befand.

Sie jagten die Stufen hinauf.

Ein Korridor. Am Eingang war ein gelbes Warnschild aufgestellt worden.

»Das war ich«, sagte Sprekkelsen. »Ich wollte nicht, dass sich jetzt noch jemand hierher verirrt. Deswegen habe ich auch im hinteren Bereich das Licht ausgeschaltet.«

»Gut gemacht«, sagte die Polizistin, als sie auf die Tür am Ende des Gangs zuhielten.

»Es ist keine besonders stabile Tür«, erklärte Sprekkelsen im Gehen. »Eigentlich teilt sie nur den Spa-Bereich vom Rest des Hotels. Aber ich glaube, dass sich jemand daran zu schaffen gemacht hat.«

Sie blieben stehen. Wiebke Eden warf einen flüchtigen Blick auf das Türschloss. »Kein Zweifel, daran ist manipuliert worden. Sieht nicht so aus, als würde man viel dazu brauchen. Vielleicht nur eine Nagelfeile.«

Sie hatte Sprekkelsen angerufen. Etwa fünfzehn Minuten war das jetzt her. Sie hatte ihn gebeten, nach van Felten zu suchen. Doch der war nicht auffindbar gewesen, weder in seinem Zimmer noch in der Lobby. Da hatte sich Sprekkelsen daran erinnert, dass sich van Felten bei einem Hausangestellten den Spa-Bereich für den späten Abend hatte reservieren lassen …

»Sind Sie schon drinnen gewesen?«, fragte Wiebke Eden und blickte den jungen Mann ernst an.

Er schüttelte energisch den Kopf. »Nein, Sie hatten mir ja gesagt, ich solle auf Sie warten.«

»Gut«, gab die Kommissarin zurück. Sie versetzte der Tür einen schwachen Tritt, sodass sie leise, fast geräuschlos nach innen aufschwang.

Die Luft in dem Gang dahinter war angefüllt mit dem Duft exotischer Hölzer und Öle.

Wiebke Eden spannte ihren Körper an. Sie war unbewaffnet, und nie war ihr dieser Umstand bewusster gewesen als in diesem Augenblick.

Sprekkelsen ging dicht hinter ihr. Sie konnte seinen Atem in ihrem Nacken spüren.

Sie betraten das Bad. Dort lag er. Van Felten. Halb auf der Seite und auf dem Wannenrand liegend, der Rest seines Körpers noch im Wasser. Der weiße Badeschaum war mit dunkelrotem Blut angereichert.

»Oh Gott!«, presste Sprekkelsen leise hervor. Er schlug sich die Hand vor den Mund.

»Seien Sie unbedingt leise«, wies ihn Wiebke Eden zurecht. »Am besten bleiben Sie hier stehen und rühren sich nicht von der Stelle, verstanden?«

Der Angestellte nickte, ohne etwas zu sagen. Die hektischen Flecken waren jetzt aus seinem Gesicht verschwunden. Der junge Mann war aschfahl geworden. Unruhig trat er von einem Bein auf das andere.

Die Kommissarin beachtete ihn nicht. Sie trat weiter an die Wanne heran und ging vorsichtig davor in die Knie.

Wasser- und Blutspritzer hatten sich um den linken Wannenrand miteinander vermengt. Van Felten war tot, daran bestand nicht der geringste Zweifel. Sein Körper war noch warm, natürlich, das Badewasser hatte dafür gesorgt. Zum anderen lag das, was hier geschehen war, höchstens zwanzig Minuten zurück.

Der Kopf des Anwalts lag auf der Seite. Blut sickerte noch immer aus einer Wunde nahe der Schläfe über den Wannenrand ins Wasser. Van Feltens Augen waren weit aufgerissen. Sie starrten auf den kunstvollen Steinfliesenboden, der sich rings um die Wanne erstreckte.

Man hätte diese Szene für das Ergebnis eines Unfalls halten können. Ein alter, hagerer Mann, der in der Wanne unglücklich ausgerutscht und dabei seitlich mit dem Kopf auf den Wannenrand geschlagen war.

Doch eine dunkle Vorahnung verriet der Kommissarin, dass es sich ganz und gar nicht so abgespielt hatte. Da war zum einen die Eingangstür. Das Schloss war zwar nicht aufgebrochen worden, zeigte aber ein paar kleine Kratzer, die frisch zu sein schienen. Jemand war hier eingedrungen und hatte dem Leben des Anwalts ein jähes Ende gesetzt.

Hinter ihr räusperte sich Sprekkelsen.

»Ist er ... Sie wissen schon ... tot?«

»Ja«, sagte Wiebke Eden düster und ohne sich umzudrehen. Langsam erhob sie sich, blieb am Wannenrand stehen und blickte auf den toten Anwalt.

»Was tun wir denn jetzt?«, wollte der junge Mann hinter ihr wissen.

Wiebke wandte sich um, ging langsam auf ihn zu. »Gehen Sie. Sagen Sie niemandem, was hier passiert ist, klar? Und ich meine wirklich niemandem.«

Sprekkelsen nickte. »Ist gut.«

Die Kommissarin hielt ihn am Arm fest. »Einen Augenblick noch. Tun Sie mir einen Gefallen und finden Sie heraus, wo sich die Schönhoffs im Augenblick befinden.«

»Mache ich.«

»Auch zu den beiden kein Wort, verstanden?«

Der Angestellte nickte erneut. »Sie können sich voll und ganz auf mich verlassen.«

»Beeilen Sie sich. Sie haben meine Handynummer?«

»Ja.«

»Rufen Sie mich an, sobald Sie etwas wissen. Und noch eins: Die Schönhoffs haben doch bestimmt auch eine Handynummer bei Ihnen hinterlegt, oder?«

»Ich weiß nicht. Ich denke schon. Ich meine ... ich kann ja mal nachsehen.«

»Gut.«

Er schluckte. »Sonst noch etwas?«

Wiebke schüttelte den Kopf. »Nein, gehen Sie jetzt. Und achten Sie darauf, dass Sie niemand sieht. Klar?«

Sprekkelsen nickte, drehte sich um und verschwand mit schnellen Schritten durch den Korridor.

Wiebke Eden blieb allein mit dem Toten zurück. Wieder holte sie ihr Handy heraus und wählte eine Nummer.

Kapitel 24

»Hier klingelt ein Telefon, verdammt!«

Mattern öffnete ein Auge. Es war das rechte. Sein Rücken schmerzte von der Sprungfeder der alten Liege, die sich ihm fordernd zwischen zwei Rippen bohrte.

»Hm?«, machte er. Zu mehr war er für den Moment nicht imstande.

Vom Ende des Korridors meldete sich Heitmanns Stimme.

»Hier klingelt die ganze Zeit ein Handy oder so! Wie soll man denn bei dem Lärm ein Auge zukriegen?«

Jetzt hörte es Hinrich Mattern auch. Sein Diensttelefon spielte die Torhymne von Werder Bremen. Eine Melodie, die er ansonsten viel zu selten zu hören bekam.

Er schlug die dünne Wolldecke beiseite und schlurfte aus seinem Büro in der Dienststelle. Im Flur hing seine Weste, in die er das Telefon gestopft hatte. Es klingelte und vibrierte um die Wette. Auf halben Weg verstummte es.

»Das wurde auch Zeit, Herrgott nochmal.« Die Stimme Heitmanns dröhnte dumpf aus der kleinen Zelle hinter der Tür am Ende des Gangs.

»Klappe«, murmelte Mattern, trat auf die Garderobe zu und fischte sein Handy heraus. Er starrte auf das Display. Die abgebildete Handynummer sagte ihm nichts. Er gab einen leise seufzenden Laut von sich und drückte scheinbar wahllos auf dem Gerät herum, bis das Handy eine Verbindung zu der Rufnummer aufbaute.

***

Wiebke Eden zog ihr Smartphone aus der Tasche, als es leise vibrierte.

»Ja?«

»Sprekkelsen hier.« Seine Stimme klang leise an ihr Ohr. Leise, mit verschwörerischem Unterton.

»Was gibt es?«

Kurze Pause. Schritte. Offenbar war der Angestellte auf der Suche nach einem Ort, an dem er ungestört sprechen konnte.

»Sie wollten doch von mir wissen, wo sich die Schönhoffs aufhalten.«

»Schießen Sie los.«

»Sie sitzen schon seit … seit über einer Stunde drüben an der Hotelbar. Direkt am Tresen.«

Natürlich, dachte Wiebke. Da befanden sie sich ja unter der direkten Aufsicht des Barkeepers und sorgten somit einmal mehr für ein lupenreines Alibi. Plötzlich stockten ihre Gedanken. War sie gerade dabei, sich in eine Idee zu verrennen? Was, wenn die Schönhoffs einfach nur das waren, was sie vorgaben zu sein? Normale Urlauber. Es gab nur eine Möglichkeit, diese Sache zu überprüfen.

»Haben Sie die Rufnummer der Schönhoffs besorgen können?«, fragte sie den Angestellten.

»Ja, die habe ich Ihnen gerade als SMS auf Ihr Smartphone gesendet. Ich glaube, sie gehört zu Dietmar Schönhoff.«

Umso besser, dachte Wiebke. Umso besser. Manchmal gehörte vielleicht auch ein wenig Glück dazu, wenn man Erfolg haben wollte. Und bei dem Mann der Ärztin rechnete sie sich für ihr Vorhaben die besseren Chancen aus. Vorausgesetzt, er war in die Machenschaften seiner Frau eingeweiht.

Sie verabschiedete sich von Sprekkelsen und schärfte ihm ein letztes Mal ein, mit niemandem über diese Aktion zu sprechen.

Sie steckte ihr Smartphone ein und registrierte nur am Rande, dass irgendjemand während ihres Gespräches versucht hatte, sie zu erreichen.

Sie musste sich beeilen. Sie hastete durch den Korridor nach draußen, löschte alle Lichter und verschloss die Tür wieder hinter sich.

Sie verließ das Hotel und hastete zu der benachbarten Anlage hinüber. Die Wiese war noch erleuchtet. Laternen hingen in den Baumkronen, vereinzelt waren Fackeln aufgestellt worden, die für eine besondere Stimmung sorgten.

An der Bar herrschte noch Betrieb. Auch zwei oder drei Tische auf der Wiese waren noch besetzt.

Wiebke Eden hielt sich abseits, näherte sich dem Gelände von der Hecke her. Vorsichtig spähte sie über den Rand hinweg.

Sie erkannte die Schönhoffs, die noch immer auf zwei Hockern an der Bar saßen und aus hohen Gläsern an ihren Cocktails nippten.

Erneut zog sie ihr Smartphone heraus und verfasste eine Nachricht an die Nummer, die Sprekkelsen ihr geschickt hatte:

Etwas ist schiefgegangen. Müssen uns sehen. Sofort. Rufen Sie auf keinen Fall zurück. Treffpunkt an bekannter Stelle. Ich warte dort auf Sie.

Die Kommissarin überflog ihren Text und drückte auf *Senden.* Es war ein Versuch, der sehr schnell nach hinten losgehen konnte, das wusste sie. Aber für sie stand inzwischen fest, dass Gabriele Schönhoff und ihr Mann hinter den beiden Morden steckten. Sie waren die Auftraggeber, diejenigen, an die Wiebke heranmusste. Aber ebenso klar war die Tatsache, dass sie sich zur Ausübung der Taten ein Werkzeug gesucht hatten. Und das galt es zu finden, um das Bild zu vervollkommnen. Und im besten Fall würden sie die Schönhoffs zu ihm führen.

Die Kommissarin ließ ihre Hand sinken und blickte wie gebannt durch eine Lücke in der Buchsbaumhecke.

Die Schönhoffs lachten, prosteten sich zu. Schönhoff trank einen winzigen Schluck, vielleicht etwas hastiger als normal. Dann stellte er sein Glas ab, gab seiner Frau ein Zeichen zu warten und griff in die rechte Tasche seines Jacketts. Seine Hand fuhr hinein und kehrte mit einem Handy zurück. Er wischte auf dem Display herum und unterhielt sich währenddessen weiter mit seiner Frau, die ihr blondes Haar in den Nacken schüttelte und am Strohhalm ihres Getränks saugte.

Schönhoff blickte auf sein Handy herab. Er hatte offenbar etwas Mühe, die kleine Schrift zu entziffern. Dann sackten plötzlich seine Mundwinkel herab, und er versteifte sich auf seinem Barhocker. Sein Gesicht wirkte selbst auf diese Distanz wie versteinert. Seine Frau sprach ihn an. Lippen, die sich auf diese Distanz einfach nur bewegten, ohne dass ein Laut hier herüber drang. Es war nur leise Musik zu hören, die der Wind von der Bar herwehte.

Wiebke konnte sich trotzdem vorstellen, was sie gesagt hatte. Sie hatte ihn gefragt, was los sei. Warum er ein so ernstes Gesicht mache, etwas in der Art.

Und er antwortete. Er blickte sich sogar um dabei. Schuld in seinem Blick. Schuld, Nervosität und ein unreines Gewissen, das ihm in diesem Augenblick aus allen Poren zu dringen schien. Noch ein Blick über seine Schulter, der streifte sogar die Hecke, ruhte für einen Moment darauf, bevor er ziellos weiterirrte.

Dietmar Schönhoff sprach mit seiner Frau, redete jetzt hektischer auf sie ein.

Sie mahnte ihn zur Ruhe. Alles nur kleine Gesten, die nur jemand deuten konnte, der Bescheid wusste.

Sie ließ sich sein Handy geben, wischte darauf herum, nickte dem Barmann lächelnd zu. Doch als sie Wiebkes Nachricht zum ersten Mal las, lächelte sie nicht. Sie ließ das Handy sinken und schob es ihrem Mann über die Platte des Tresens zu. Er ließ es verschwinden, etwas hastiger, als es normal gewesen wäre. Er trank einen großen Schluck. Nicht aus dem Cocktailglas, sondern von dem Wasser, das daneben stand. Er wischte sich mit dem Handrücken über den Mund, rutschte vom Hocker und klopfte die Taschen seines Jacketts ab.

Die Schönhoffs wechselten ein paar Worte miteinander. Dann machte er sich auf den Weg.

Es geht los, dachte Wiebke.

***

Matterns Handy klingelte.

Sofort war aus der Zelle ein hektischer Laut zu hören. Heitmann hämmerte von innen gegen die Tür.

»Mann! Geht das jetzt die ganze Nacht so? Himmelherrgott! Immer, wenn man gerade eingeschlafen ist!«

Mattern schlurfte zur Garderobe zurück, nahm das Handy aus der Weste.

166

»Ja.«

»Hier ist Wiebke Eden.«

Mattern blickte zur Wanduhr hinüber. Es war kurz vor Mitternacht. »Hat das denn wirklich nicht Zeit bis morgen?«

»Hat es nicht. Wir haben einen weiteren Toten.«

Hauptkommissar Mattern war plötzlich hellwach. Er wechselte das Handy in die andere Hand und stürmte damit in sein Büro, wo Marlowe auf einer Decke lag und zwischen seinen Pfoten hindurchblickte.

»Was ist passiert? Erzählen Sie!«

Und Wiebke Eden erzählte ihm alles, während sie dabei war, einen Mann zu verfolgen, der mitten in der Nacht über die Insel streifte.

Mattern spürte ein mulmiges Gefühl irgendwo in seiner Mitte. Es wuchs mit jeder weiteren Sekunde, die verstrich.

»Warum haben Sie mich nicht früher ...«, setzte er an.

»Früher was?«, kam es flüsternd aus dem Handylautsprecher zurück.

»Ach, vergessen Sie's«, polterte Mattern. »Wo um alles in der Welt sind Sie denn jetzt?«

»Warten Sie. Ich ... Ach du Schande!« Die Stimme der Kommissarin verstummte abrupt.

»Was ist los?« Mattern presste sich das Telefon fester ans Ohr.

Dann meldete sich seine neue Kollegin zurück. »Ich muss auflegen, sonst hört er mich. Wir sind auf dem West...«

Da brach plötzlich die Verbindung ab.

Kapitel 25

Wiebke starrte auf das schwarze Display ihres Smartphones. Das Gerät hatte sich abgeschaltet. Sie betätigte im Gehen den Startknopf. Ein kurzes Flackern, aber das Telefon wollte nicht mehr starten. Ein weiterer Versuch brachte nicht einmal mehr ein kurzes Lebenszeichen. Nichts mehr. Nur Schwärze. Genau wie um sie herum.

Sie folgte dem Verlauf des Westends. Ein gutes Stück zu Fuß, immer weiter weg vom Ortskern.

Irgendwo vor ihr war Schönhoff. Er hatte eine Taschenlampe bei sich, die er aber nur hin und wieder anschaltete. Noch ein Beweis dafür, dass er unter keinen Umständen gesehen werden wollte.

Mit einem Mal war das Licht verschwunden, und auch das leise Geräusch seiner Schritte auf dem Asphalt hatte sich verändert.

Wiebke stieß einen leisen Fluch aus und begann zu laufen. Sie konnte, durfte nicht riskieren, den Mann aus den Augen zu verlieren.

Plötzlich tauchte das Licht der Lampe in einiger Entfernung links neben ihr auf. Der Grund war einfach: Schönhoff hatte die Straße *Westend* verlassen und war auf den Naturpfad eingebogen, der sich durch den Westen der Insel zog und vermutlich eine Abkürzung darstellte.

Wiebke beschleunigte nochmals ihre Schritte, um den Anschluss nicht zu verpassen. Schönhoff legte ein ordentliches Tempo vor, aber wenigstens hatte er sich nun offenbar dazu entschlossen, seine Lampe dauerhaft eingeschaltet zu lassen.

Die Kommissarin hörte die Nordsee in der Nähe an die Insel spülen. Der Geruch von Salzwasser, auf Spiekeroog ohnehin allgegenwärtig, schien hier noch intensiver zu werden.

Der Nachtwind streifte über die Insel und kühlte Wiebkes Stirn.

Inzwischen verfestigte sich in ihr ein Verdacht, wohin Schönhoff wollte. Aber ganz sicher konnte sie noch nicht sein.

Sie war es erst, als nach weiteren fünfzehn strammen Gehminuten einige Lichter in der Ferne auftauchten.

Die Lichter des Zeltplatzes.

Sie verließen den Naturpfad und befanden sich jetzt auf dem Palisadendiek, der direkt auf den Kiosk zuführte.

Doch Schönhoff schien sich genauestens auszukennen, denn er nahm erneut eine Abkürzung und schlich quer über das Gelände. Er wusste, welches Zelt er anzusteuern hatte, und Wiebke Eden kannte den Weg ebenfalls. Sie war vor einigen Stunden erst hier gewesen, zusammen mit Robert Meyberg.

Das alles schien ihr eine Ewigkeit her zu sein.

In einigen Metern Entfernung erkannte sie Schönhoffs Silhouette. Er hatte seine Lampe ausgeschaltet und bewegte sich leise auf die Dünen zu.

Die meisten Zelte lagen fast vollständig im Dunkeln. Nur wenige waren um diese Zeit noch beleuchtet. Von irgendwoher drang ein leises Lachen zu Wiebke. Weiter rechts von ihr geisterte das fahle Licht einer Taschenlampe durch eines der kleineren Zelte.

Sie wollte Schönhoff nicht aus den Augen verlieren, obwohl sie inzwischen wusste, wohin er unterwegs war.

Vor einem tarnfarbenen Zelt blieb er stehen und wirkte für einen Moment unbeholfen, als er es offenbar wider Erwarten verschlossen vorfand.

Schönhoff wisperte einen Namen. Wiebke kannte ihn.

»Gerdes. Ich bin da.«

Schönhoff blickte sich nach allen Seiten um. Und er hätte Wiebke gesehen, hätte sie sich nicht rechtzeitig in den Schatten eines Nachbarzeltes gedrückt.

Schönhoff legte seine Hand an die Zeltplane und ließ seine Fingernägel darauf herumtrippeln.

Dann endlich ein Geräusch aus dem Innern.

»Watt is denn los?«

Weitere Geräusche. Ein Reißverschluss wurde hochgezogen, der Strahl einer Taschenlampe brach sich Bahn, bis in den Nachthimmel hinein.

»Sie?«

»Darf ich reinkommen?«, flüsterte Schönhoff. Er sagte noch mehr, doch das ging im Geraschel der Zeltplane unter.

Beide Männer verschwanden im Innern.

Wiebke wartete einen Augenblick und verließ dann ihre Deckung. Sie schlich sich näher, in geduckter Haltung.

»Wir hatten doch abgemacht, dass Sie auf keinen Fall hierherkommen!«

Eine flüsternde Stimme. Hektisch, aufgeregt. Es war Gerdes' Stimme, und sie hatte offensichtlich jeglichen Akzent eingebüßt.

»Sie haben mir ja keine andere Wahl gelassen!« Schönhoff. Hektisch. Außer Atem. »Warum haben Sie denn nicht gleich angerufen? Und was soll das überhaupt heißen … es ist etwas schiefgegangen?«

»Nicht so laut, Menschenskind! … Wollen Sie mich auf den Arm nehmen? Nichts ist schiefgegangen. Überhaupt nichts. Bei mir geht nichts schief. Verstanden?«

»Ach nein? Und was hat dann das hier zu bedeuten?«

Aus dem Innern drang ein Rascheln zu Wiebke hinüber. Schönhoff präsentierte nun mit Sicherheit die Nachricht auf seinem Handy.

Ein kurzer Moment der Stille, danach Gerdes' Stimme: »Was soll der Scheiß? Das stammt nicht von mir.«

»Aber Sie haben doch …«

»Ich habe Ihnen diesen Blödsinn nicht geschickt, klar? Da muss sich jemand einen Streich mit Ihnen erlaubt haben.«

Schönhoff keuchte. »Einen Streich? Sind Sie noch zu retten? Das hieße ja, dass derjenige Bescheid weiß über …«

»Halten Sie endlich Ihre gottverdammte Klappe!« Gerdes zischte sein Gegenüber an. Vermutlich hielt er ihn sogar am Kragen gepackt. Es hätte zu dem raschelnden Geräusch gepasst, das seine letzten Worte begleitet hatte.

Wiebke entschied, dass sie genug gehört hatte. Sie musste umkehren oder zumindest irgendwo ein Telefon auftreiben, um Mattern zu verständigen. Er musste erfahren, was …

Weiter kam sie in ihren Überlegungen nicht.

Wie ein Blitz schnellte ein Schatten aus dem Zelteingang. Etwas Hartes traf sie an der Schulter und ließ sie mit einem heiseren Schmerzlaut herumfahren.

Jemand packte sie grob am Nacken, drückte sie herunter und versetzte ihr einen derben Stoß, der sie geradewegs auf den Zeltspalt zutaumeln ließ. Sie wollte ihre Arme ausfahren, doch da war der andere bereits hinter ihr. Er versperrte ihr den Rückweg und drängte sie noch tiefer ins muffige Innere.

Der Schein einer Taschenlampe riss Schönhoffs Gesicht aus der Dunkelheit. Schönhoff, der drinnen wartete. Seine Augen waren weit aufgerissen, seine Gesichtshaut weiß.

Hinter ihr war Gerdes. Wiebke Eden wirbelte herum, riss erneut die Arme hoch. Doch ihr Gegner hatte genau damit gerechnet. Gerdes' Hände schnellten vor und packten ihre Handgelenke.

»Sieh mal einer an«, sagte er, noch immer akzentfrei. »Die kleine Bullenschlampe.«

»Lassen Sie mich auf der Stelle los«, keuchte Wiebke. »Was Sie hier tun, ist Widerstand gegen die Staatsgewalt.«

Der Mann aus Essen stieß ein humorloses Lachen aus. »Was Sie nicht sagen.« Er wurde sofort ernst, packte Wiebke und drehte ihr mit einem festen Ruck die Arme auf den Rücken. Er stand jetzt hinter ihr. Sie konnte seinen Schweiß riechen, seinen heißen Atem an ihrem Hals.

»Und jetzt verrätst du uns mal, was dich herführt, Kleines.« Gerdes war in einen Flüsterton übergegangen. »Und zwar ganz, ganz leise, denn ansonsten muss ich leider anderweitig dafür sorgen, dass du keinen Laut mehr von dir gibst.«

Ein metallisches Geräusch hinter Wiebkes Rücken. Sie kannte einen solchen Laut. Ein Springmesser, das sich per Knopfdruck aus seiner Arretierung löst. Und tatsächlich tauchte nur eine Sekunde später eine lange, spitze Klinge vor ihren Augen auf.

»Gerdes, sollten wir nicht besser …«, setzte Schönhoff an.

Der Angesprochene brachte ihn mit einem unwirschen Laut zum Schweigen. »Wir müssen in Erfahrung bringen, wie viel die Kleine weiß.«

171

»Geben Sie sich keine Mühe«, presste Wiebke hervor. Sie versuchte, ihren Körper anzuspannen, um möglicherweise mit einem ihrer Füße einen Treffer zu landen, doch Gerdes machte jegliche Gegenwehr so gut wie unmöglich.

»Ich bin nicht die Einzige, die Bescheid weiß. Mattern ist informiert. Er ist bereits auf dem Weg hierher.«

Wiebke Eden sah, wie es in Schönhoffs Augen flackerte.

»So eine Scheiße«, flüsterte der Mann der Ärztin und hastete auf den Zelteingang zu. Er blieb davor stehen und starrte in die Dunkelheit, über die Dünen, über den Zeltplatz bis zum Waschhaus.

»Was zu sehen?«, wollte Gerdes wissen.

»Nichts«, antwortete Schönhoff nach einer Weile.

»Die Kleine blufft. Jede Wette. Wenn der andere Bulle eingeweiht gewesen wäre, dann hätte sie ganz sicher nicht diesen Alleingang riskiert.« Gerdes wandte der Kommissarin wieder sein Gesicht zu. »Stimmt's, Kleines?« Sein Gesicht schmiegte sich von hinten an das ihre. Sie roch den Restalkohol in seinem Atem, spürte sogar seine Bartstoppeln auf der Haut.

»Die Frage ist doch«, sagte Schönhoff, »was wir jetzt tun, Herrgott.«

»Ich würde sagen, es ist im wahrsten Sinne des Wortes Zeit, die Zelte abzubrechen. Sie, Ihre Frau und ich … wir werden heute Nacht noch die Insel verlassen.«

»Wie soll das funktionieren? Haben Sie etwa ein Boot in der Nähe?«

»Ich kann eines beschaffen«, antwortete Gerdes. »Für Sie, Ihre Frau … und für mich. Das wird Sie aber einiges extra kosten.«

»Darüber werden wir uns schon einig«, platzte es aus Schönhoff heraus. Sein Gesicht war inzwischen schweißüberströmt. Er deutete auf Wiebke.

»Aber was ist mit ihr? Wir können sie ja wohl schlecht mitnehmen, oder?« Er kicherte hoch und hohl.

»Nein, das können wir nicht«, bestätigte Gerdes.

Wiebke spürte, wie er sie fester packte. Er hatte seinen linken Arm nun von hinten um ihren Hals gelegt, hielt sie im Würgegriff, der ihr die Luft raubte.

Mit seiner Rechten führte er das Messer heran. Die Spitze berührte ihre Halsschlagader.

»Eine kleine Bewegung nur, und es ist aus mit dir, Kleines«, flüsterte Gerdes.

Eine kaum wahrnehmbare Bewegung in Gerdes' Rücken.

Wiebke Eden blickte auf Schönhoff, dessen Augen beinahe aus den Höhlen zu quellen schienen.

Gerdes wurde in derselben Sekunde in den Kniekehlen getroffen. Seine Beine knickten auf der Stelle ein.

Wiebke ließ sich fallen. Die scharfe Klinge verfehlte ihr anvisiertes Ziel und jagte stattdessen an ihrem rechten Ohr entlang. Die Kommissarin spürte einen heißen Schmerz, der sich rasch in etwas Feuchtes verwandelte.

Sie wirbelte herum. Im Halbdunkel erkannte sie Mattern, der Gerdes gepackt hielt, ihn in die Höhe riss und Maß nahm.

Der Mann aus dem Ruhrpott hing wie eine Marionette zwischen den Händen des Kommissars.

Mattern ließ seinen Gegner los, doch nur um freie Bahn zu haben. Der Schlag des Beamten traf Gerdes direkt an der Kinnspitze.

Sein Kopf flog nach hinten. Gerdes stieß einen hohlen Laut aus, taumelte rückwärts und schlug der Länge nach hin.

Im gleichen Moment versuchte Schönhoff, zu türmen. Er war bereits beim Eingang, als ihn Mattern einholte und grob nach hinten riss.

»So haben wir nicht gewettet, Freundchen!«

Kapitel 26

Wiebke Eden und Hinrich Mattern gingen Seite an Seite auf die Außenanlage des Hotels zu. Die Bar war inzwischen verwaist. Die Musik war abgestellt, die Laternen in den Bäumen erloschen.

Im Schein der größtenteils ebenfalls erloschenen Fackeln war eine Strandliege zu sehen. Eine Frau lag darauf.

Gabriele Schönhoff.

Die beiden Beamten näherten sich, blieben vor ihr stehen.

»Frau Schönhoff?«, fragte Hinrich Mattern. »Sie sind festgenommen. Sie stehen unter dem dringenden Verdacht, die Morde an Herwig Camphuusen und dem Anwalt Joost van Felten in Auftrag gegeben zu haben. Alles, was Sie von jetzt an sagen, kann vor Gericht gegen Sie verwendet werden.«

Die Frau auf der Liege rührte sich kaum. Sie lächelte. Doch ihr Blick war auf seltsame Weise entrückt.

»Camphuusen«, sagte sie leise, noch immer lächelnd. »Ich habe Camphuusen umbringen lassen, weil er ein gemeines Schwein war. Die Tat … die Tat sollte ablenken von meinem eigentlichen Plan. Die Ermordung van Feltens.«

»Wozu das alles?«, fragte Wiebke.

Es dauerte eine Weile, bis Gabriele Schönhoff antwortete. »Er hat mir alles genommen. Meinen Beruf, meine Existenz. Meine Ehre. Mein Ansehen. Mein Geld. Alles. Joost van Felten hat mich vernichtet. Und ich … ich habe ihn … vernichtet.«

Das letzte Wort drang lediglich als Seufzer aus ihrer Brust.

»Was ist mit ihr?«, fragte Wiebke alarmiert, als die Frau auf der Liege plötzlich in sich zusammensackte, verkrampfte und mit einem Mal still dalag.

»Sie hat etwas eingenommen!«, presste Mattern hervor. »Wir müssen etwas tun. Schnell, klingeln Sie Doktor Klett aus dem Bett. Sagen Sie ihr …«

Er brach ab. Auch ihm wurde in dieser Sekunde klar, dass niemand mehr etwas für die Frau auf der Liege tun konnte.

Am frühen Morgen kehrte Wiebke Eden in ihr kleines Haus am Südermenss zurück, dreieinhalb Stunden vor ihrem ersten offiziellen Dienstantritt.

Vieles war geschehen, das meiste davon war grauenhaft gewesen. Ulrike Klett, die sie verständigt hatten, war innerhalb kürzester Zeit bei der Hotelanlage eingetroffen, doch sie hatte nur noch den Tod der Frau auf der Liege feststellen können. Gabriele Schönhoff hatte sich mit einer Giftkapsel das Leben genommen. Vermutlich hatte sie bereits Bescheid gewusst, als sie Wiebke und Mattern über den Rasen kommen gesehen hatte.

Ihr Mann und Martin Gerdes waren in die Zelle gewandert, aus der Lothar Heitmann ohne viel Aufheben von Mattern entlassen worden war.

Mattern. Letztlich waren sie doch noch gemeinsam zur Lösung ihres ersten Falls gelangt. Viel gesprochen hatte er seit dem Auffinden von Gabriele Schönhoff nicht. Aber das war Wiebke im Augenblick gleichgültig. Wichtig war, dass er sie auf dem Zeltplatz gefunden hatte. Dass er die richtigen Schlüsse aus ihren Wortfetzen gezogen hatte. Und dass er insgeheim offenbar einen Verdacht gehabt hatte, dass er mit Heitmann den falschen Fisch aus dem Becken der Verdächtigen gezogen hatte.

Sie sank auf die ramponierte Couch und legte ihren Kopf in den Nacken. Bilder rasten vor ihrem inneren Auge vorbei. Bilder dieser Nacht. Bilder seit ihrer Ankunft hier auf Spiekeroog. All das schien schon so lange her zu sein, dabei lagen gerade mal zwei Tage dazwischen.

Erst jetzt spürte die Kommissarin, wie entsetzlich müde sie war. Sie schloss die Augen, hörte den Wind um das Haus streichen. Das Geräusch hatte etwas Beruhigendes.

Ein schnarrender Laut ließ sie plötzlich auffahren.

Ein Festnetztelefon klingelte. Und das, wo sie gar nicht wusste, dass sie überhaupt eines besaß.

Wiebke Eden stand auf. Das Geräusch klang dumpf und hohl.

Sie trat zu einer alten Kommode an der Wand zum Nebenzimmer und zog sie auf.

In der Schublade befand sich ein alter Wählscheibenapparat. Das Kabel verschwand in der Rückwand des Möbelstücks.

Es klingelte und klingelte.

Langsam streckte Wiebke Eden ihre Hand nach dem Hörer aus. Sie ergriff ihn und hielt ihn in die Höhe.

»Ja?« Ein vorsichtiger Laut, mehr geflüstert als gesprochen.

Dann eine Stimme. Sie klang, als käme sie von weit, weit weg.

»Hier ist Heller! Ich hoffe, du hast mich nicht vergessen.«

- E N D E -

Ostfrieslandkrimi-Empfehlungen
des Klarant Verlages

Kennen Sie auch schon die Ostfrieslandkrimi-Serie **»Die Inselkommissare«** von **Marc Freund**?

Ihren Dienst auf Langeoog beginnen die Inselkommissare Gerret Kolbe und Rieke Voss am gleichen Tag – und bekommen sich erstmal gewaltig in die Haare!
Doch sie raufen sich zusammen. Gerret Kolbe, der erfahrene Ermittler aus der Großstadt, der auf die vermeintlich friedliche ostfriesische Insel versetzt wird. In seine alte Heimat, die er aber schon als kleines Kind verlassen hat. Und Rieke Voss, die waschechte Ostfriesin und frischgebackene Kommissarin aus Wittmund.
Gemeinsam lösen Kolbe & Voss spannende Mordfälle auf Langeoog und im unmittelbaren Umfeld der Nordseeinsel.

In der Serie sind bereits folgende Ostfrieslandkrimis erschienen:

»Langeooger Schampus«, Band 1
Taschenbuch-ISBN: 978-3-96586-243-2
eBook-ISBN: 978-3-96586-244-9

Die neuen Langeooger Inselkommissare Gerret Kolbe und Rieke Voss haben ihren ersten grausigen Mordfall zu lösen. Die Spur führt zu ausschweifenden Partys auf der ostfriesischen Insel, bei denen der Schampus in Strömen fließt …
Doch zunächst beginnt der Fall mit einer Vermissten-meldung: Kurz vor der geplanten Abreise stellt der Langeoog-Urlauber Hajo Scholten schockiert fest, dass seine Frau Marianne und der zehnjährige Sohn Marten plötzlich spurlos verschwunden sind. Die handschriftliche Notiz »Es tut mir leid« ist alles, was ihm bleibt.
Die Kommissare Gerret Kolbe und Rieke Voss sind sich schnell sicher, dass etwas Furchtbares geschehen sein muss.

Und tatsächlich lässt ein Leichenfund nicht lange auf sich warten. Die Ermittlungen führen zu einem geheimnisvollen Waldhaus. Offenbar nahm Marianne Scholten hier abends an dekadenten Partys teil, bei denen die attraktive junge Frau sich nur »Mary Ann« nannte. Hat einer der Partygäste im Champagner-Rausch die Kontrolle verloren? Oder steckt in Wirklichkeit etwas ganz anderes dahinter? Auch Hajo Scholten selbst macht sich nämlich durch widersprüchliche Angaben verdächtig. Irgendetwas ist auf der idyllischen Nordseeinsel völlig aus dem Ruder gelaufen …

»Langeooger Gier«, Band 2
Taschenbuch-ISBN: 978-3-96586-271-5
eBook-ISBN: 978-3-96586-272-2

»Langeooger Zwielicht«, Band 3
Taschenbuch-ISBN: 978-3-96586-338-5
eBook-ISBN: 978-3-96586-339-2

»Langeooger Mörder«, Band 4
Taschenbuch-ISBN: 978-3-96586-393-4
eBook-ISBN: 978-3-96586-394-1

Klarant Verlag

Lernen Sie die Ostfrieslandkrimi-Titel des Klarant Verlages kennen und besuchen Sie uns im Internet unter:

www.ostfrieslandkrimi.de

und

www.klarant.de

Sie können dort Näheres über unsere Autoren erfahren, viele weitere interessante Bücher und eBooks finden und Leseproben herunterladen. Mit dem kostenlosen Newsletter erhalten Sie aktuelle Informationen rund um das Verlagsprogramm, wie beispielsweise spannende Neuerscheinungen und Gewinnspiele.